中國文史經典講堂

論語選評

中國文史經典講堂

論語選評

中國社會科學院文學研究所

主編 楊義　副主編 劉躍進

選注・譯評 彭亞非

責任編輯	崔　衡
裝幀設計	鍾文君

書　名	中國文史經典講堂・論語選評
編選單位	中國社會科學院文學研究所
主　編	楊　義
副主編	劉躍進
選注・譯評	彭亞非
出　版	三聯書店（香港）有限公司
	香港鰂魚涌英皇道 1065 號 1304 室
	JOINT PUBLISHING (H.K.) CO., LTD.
	Rm. 1304, 1065 King's Road, Quarry Bay, Hong Kong
發　行	香港聯合書刊物流有限公司
	香港新界大埔汀麗路 36 號 3 字樓
	SUP PUBLISHING LOGISTICS (HK) LTD.
	3/F, 36 Ting Lai Road, Tai Po, N.T., Hong Kong
印　刷	深圳中華商務安全印務股份有限公司
	深圳市龍崗區平湖鎮萬福工業區
版　次	2006 年 4 月香港第一版第一次印刷
規　格	大 32 開（140 × 210mm）280 面
國際書號	ISBN-13: 978 · 962 · 04 · 2541 · 7
	ISBN-10: 962 · 04 · 2541 · 3

主編的話

中國正在經歷着巨大的變革，已經成為全世界矚目的焦點；中華民族創造的輝煌文化也日益顯現出它的奪目光彩。華夏五千年文明，就是我們民族生生不已的活水源頭，就是我們民族卓然獨立的自下而上之根。

"問渠哪得清如許，為有源頭活水來。"

為探尋這活水源頭，為培植這生存之根，中國社會科學院文學研究所成立五十多年來，一直把文化普及工作放在相當重要的位置，並為此做了大量的、卓有成效的工作。早在二十世紀五六十年代，文學研究所就集中智慧，着手編纂《文學概論》、《中國少數民族文學史》、《中國文學史》、《中國現代文學史》等通論性的論著。與此同時，像余冠英先生的《樂府詩選》(1953年出版)、《三曹詩選》(1956年出版)、《漢魏六朝詩選》(1958年出版)，王伯祥先生的《史記選》(1957年出版)，錢鍾書先生的《宋詩選注》(1958年出版)，俞平伯先生的《唐宋詞選釋》(初名《唐宋詞選》，1962年內部印行，1978年正式出版)，以及在他們主持下編選的《唐詩選》等大專家編寫的文學讀本也先後問世，印行數十萬冊，在社會上產生了廣泛而又深遠的影響。進入新的時期，文學研究所秉承傳統，又陸續編選了《古今文學名篇》、《唐宋名篇》、《台灣愛國詩鑒》等，並在修訂《不怕鬼的故事》的基礎上新編《不信神的故事》等，贏得了各個方面的讚譽。

擺在讀者面前的這套"中國文史經典講堂"依然是這項工

作的延續。其編選者有年逾古稀的著名學者，也有風華正茂的年輕博士，更多的是中青年科研骨幹。我們希望通過這樣一項有意義的文化普及工作，在傳播優秀的傳統文學知識的同時，能夠讓廣大讀者從中體味到我們這個民族美好心靈的底蘊。我們誠摯地期待着廣大讀者的批評指正。

目　錄

前　言

　　《論語》成書於春秋戰國之際，是一本記錄了孔子和他的幾個主要門徒的言行（主要是他們的一些重要言語）的書。《論語》的重要性在於，它全面反映了孔子的人文思想、政教觀念和社會理想，司馬遷稱作"孔氏書"，所以讀《論語》，必須對孔子其人要有所瞭解。

　　孔子（公元前551—公元前479年），魯國人，《史記》上說他"生魯昌平鄉陬邑"，即今山東曲阜東南之鄒城。孔子祖先是殷商貴族，後自宋遷魯，到孔子出生時，其家道已經衰落。他的父親叫叔梁紇，曾做過陬地的長官，所以《左傳》上又稱他為"陬人紇"。孔子出生不久父親即去世，因此孔子是由他的寡母撫養成人的。孔子母親姓顏，名徵在。因家貧，孔子從小便不得不經常幹些雜活來贍養母親，曾做過委吏、司職吏之類的小官，這使他得以廣泛接觸社會下層，並學會多種技藝。

孔子周遊列國刻像

　　但孔子從小最喜歡的還是禮儀文化。他自云十五志於學，而終其一生好學不倦，以至於在中華古代文明廢亂崩解之時，竟得以成為傳統文化的集大成者。

　　孔子的學說，就是在這種集大成的基礎上建立起來的。孔子曾說："我非生而知之者，好古，敏以求之者也。"（《論語·

述而》）從他的夫子自道中，可以看出他是抱着對古代文化的崇尚心態，從古代文化中求索出規律性的、系統性的、價值化的信仰體系來的。他還有一句夫子自道

六經

是："述而不作，信而好古。"（同前）我們可以從這句話中體會出孔子是如何自覺將古代文化尊崇化、信仰化的。他本是個立道者，卻說自己只是在傳道；他本是個創教者，卻說自己不過是喜愛古代文化，而且宗信古代道統而已。我們知道，各種文明的創教佈道者，無不以天啟自許，孔子卻明確表示自己並非天啟者，只是從已有的文化積累和文明傳統中求得了真知，從而將自己推行的人文信仰牢牢植根於全部既有的民族智慧和文化成就之中。

孔子生前遊走列國，一直都在不遺餘力地推行、傳佈自己的學說，希望有國者能夠崇信並施行他的學說，並進而實現他的王道社會理想。其間雖偶爾有被有國者重視起用、執掌權柄的時候，但基本上是處於一種惶惶然的不得志狀態，司馬遷描述他這種狀態道："去魯，斥乎齊，逐乎宋、衛，困於陳、蔡之間⋯⋯"（《史記·孔子世家》）幾近放逐。他自己則自嘲為"喪家之狗"，可見其狼狽。但是這種狀態並不影響孔子是一位前無古人後無來者的創教立道啟世先聖。《史記·孔子世家》上說："孔子不仕，退而修《詩》、《書》、《禮》、《樂》，弟子彌眾，至自遠方，莫不受業焉。"他的思想和學說還是超越了現實權勢，影響及於全天下，而由他的弟子們編定的《論

語》，則可以說就是一本記錄了孔子濟世思想的啟示錄。如果可以用一個稍嫌勉強的比喻的話，那麼我們可以將孔子整理並尊崇的古代經典文獻《書》、《易》、《詩》、《樂》、《禮》、《春秋》"六經"看作是中華文明的《舊約全書》，而將記錄了孔子思想的《論語》看作是中華文明的《新約全書》。

《漢書·藝文志》上說："《論語》者，孔子應答弟子、時人及弟子相與言而接聞於夫子之語也。當時弟子各有所記。夫子既卒，門人相與輯而論纂，故謂之《論語》。"所以《論語》的書名，"論"是論纂的意思，"語"是言語的意思。《論語》是孔門弟子將他們不同的記錄歸納、整理並編纂而成的一本書，所以《論語》不是某一個人的著作，而是一項集體成果。

《藝文志》中只是泛泛地說《論語》是弟子所記，但所說"弟子"是哪些人不清楚，後來學者多認為這些"弟子"既有孔子的門徒，也有孔子門徒的門徒，而最後的編定者，則很可能是曾參的弟子們。當然，具體的情況已經不可能完全弄清楚了。

傳到漢朝的《論語》據說有三個本子，分為《魯論語》、《齊論語》和《古文論語》。據記載，三者篇目文字上都有些出入。西漢末年，安昌侯張禹依《魯論語》篇目，合《魯論》、《齊論》為一，號為《張侯論》（漢靈帝時所刻《熹平石經》即本此）。而《古文論語》後來失傳，所以我們今天所看到的《論語》，基本上就是《張侯論》。

北京孔廟康熙御題"萬世師表"匾額

注解《論語》的書，漢朝的已基本亡佚了，殘存的主要有一部分鄭玄注，以及偶見於魏何晏的《論語集解》中的各家，其後注釋《論語》的古今學者，則車載斗量，難以數計，是中華文明中一筆重要的文化遺產。但是，這並不是說我們已經完全理解了孔子學說中的全部思想內涵和理論精髓，尤其是從現代文明的角度來予以審視，孔子的思想對於現代社會依然具有的深刻的啟示性與思想價值，並沒有得到充分的揭示，而這正是本書寫作的動機所在，並希望在這方面能作出自己的貢獻。

"太史公曰：……天下君王至於賢人眾矣，當時則榮，沒則已焉。孔子布衣，傳十餘世，學者宗之。自天子王侯，中國言六藝者折中於夫子，可謂至聖矣！"（《史記·孔子世家》）孔子之所以能達到這樣神聖的令人景仰不已的終極高度，是因為中華古代文明的全部人文成果正是通過他而昇華為中華民族的文化信仰、文化靈魂和文化精神的體統。正如創立了基督教的耶穌，雖然一個羅馬總督就足以置他於死地，可他在基督徒心中卻永遠是王中王、萬王之王。因為毀譽尊貶可以加於一身，而信仰卻永遠高於現實權勢的評價尺度，孔子以一布衣而被世人奉為至聖，尊為素王，不也是這樣嗎？

學而第一

① 子¹曰："學而時²習之³，不亦說乎？有朋自遠方來⁴，不亦樂乎？人不知而不慍⁵，不亦君子乎⁶？"

注釋

1. 子：孔子。《論語》中"子曰"的子，都是指的孔子。
2. 時：一般有兩解，一是說在適當的時候，一是說時常，均可。
3. 習：練習、演習，但也可以理解為溫習、複習。
4. 朋：一般即理解為朋友，但古注認為"同門曰朋"，那麼朋就是孔子那些來自四面八方的弟子了。
5. 慍：怨憤、怨恨。
6. 君子：有兩重含義。一是指居上位者或貴族階層人士，一是指有德行、有修養的人。此處指後者。

串講

孔子說："學習，並且不時地練習所學的內容，不是也很快活嗎？有朋友從遠方來，不是也很快樂嗎？別人不知道自己，自己並不因此而怨恨別人，不是也很君子嗎？"

評析

這是全書第一章，講了三個意思，其中尤以講學習的全書第一句顯得更為突出，因此，《十三經注疏》將"好學、能自切磋而樂道"列為這一篇的基本主題之一。其實，在《論語》全書中，學習都是一再被提及的一個重要問題。因為在孔子的學說中，文治社會是他畢生追求的一種理想社會。這個社會的基本特點就是建立健全的禮文體制，並且由具備高尚文德和文明修養的君子來進行管理，因此

美國祭孔樂舞

相關文化知識的學習和相關文化人才的培養成為建立這樣一個社會的首要課題。大體上說來，所謂禮文制度，主要是指據說為周公所創立的、文物昭明的貴族等級制，以及這一制度運作中所包含的一系列繁複的禮節儀式。所以對相關知識和理念的學習不僅要求"學"，即在知識上予以掌握，而且要求"習"，即不斷地演習、練習、實習，以便在實踐中熟練地操作與運用。

另一方面，道德的修煉在注重禮儀的社會中也要表現為一種文質彬彬的教養，這也需要在各種禮節儀式的操練、演習中不斷地深入體會，養成習慣。而這個過程，在孔子看來實在是個能給人帶來難得的快樂的過程。當然，這種快樂與遊戲的快樂是有着本質的區別的。誠如邢疏中所說，這是一個"樂道"的過程。學習的目的在成才，而最高的目的則在得道，在建立崇高的信仰並且堅定地去實現它，這才是孔子所理解的學習中的能得到精神昇華的無上快樂。當然，我們今天的學習，如果也能達到這樣的境界，就不會是"學海無涯苦作舟"的無趣勞作，而將成為一個"不亦樂乎"的回歸精神家園的快樂旅程。

接下來的意思，以朱熹所引程子的話，應是"以善及人，而信從者眾，故可樂"。（《論語集注》，以下凡參引朱熹《論

語集注》中的內容，只注明《集注》）就是說，同樣快樂的是，在道德和信念的感召下，越來越多的人從遠方趕來學習，成為互相切磋、相互激勵、追求同一崇高信仰的志同道合者。而有了這樣兩重快樂，其他的人是不是知道自己，是不是能理解自己，又有什麼重要的呢？精神上的自足，學養上的自足，能夠支撐起一個人自立於這個追名逐利的世界上的尊嚴，這樣的人不就是君子嗎？這句話表明了孔子對於一個人在精神上自足自立的高度重視。而這一層意思，孔子曾一再提到，可見讓人知道自己、瞭解自己，是當時士人階層中很普遍的一種焦慮。孔子並不認為這有什麼不好，但認為不應讓這種焦慮左右了自己的意志。真正應該擔心的，倒是自己不瞭解別人。而最應用心在意的，則是努力使自己具備值得別人知道和瞭解的才智、學識和能力（參閱《學而》、《憲問》、《衛靈公》、《里仁》諸篇中的相關內容。以下凡參引《論語》中的內容，只注明篇名）。

② 有子[1]曰：“其為人也孝弟[2]而好犯上[3]者，鮮[4]矣；不好犯上，而好作亂者，未之有也。君子務本，本立而道[5]生。孝弟也者，其為仁[6]之本與！”

注釋

1. 有子：姓有，名若，孔子弟子。《論語》獨“有若”、“曾參"稱"子",不呼其名,故前人認為《論語》就是他們的弟子整理、編纂的。

2. 弟:同"悌"(tì),敬兄長。

3. 上:指君主、各級貴族等,這裏指居上位者。

4. 鮮(xiǎn):少。《論語》中的"鮮"都是如此用法。

5. 道:法則、規律。這裏指孔子以"仁"為核心的思想體系。

6. 仁:仁德,是孔子提倡的一種最高道德。

串講

　　這是孔子的弟子之一有子的一段話,大意是說,一個人孝順父母、尊敬兄長,卻又喜歡冒犯上級,這樣的人可以說非常少;一個人不喜歡冒犯上級,卻又喜歡造反作亂,這樣的人可說是從來就沒有過。君子就該致力於道德的根本,根本確立了,所追求的道就會生發出來。孝順父母和尊敬兄長,這就是施行仁德的根本吧!

評析

　　孔子的學說中有不少非常重要的道德概念,"仁"是其中最為核心的一個,因此在《論語》一書中,這一概念出現有上百次之多。但是和所有這些重要概念一樣,"仁"作為孔子所推崇的最高道德範疇和人格境界,也有着相當豐富和複雜的多重含義。這些含義,我們在後面的閱讀中將會逐漸接觸到。

　　在有子的這一段話裏,他對所謂仁德並沒有具體的解釋,而是討論了行仁德的基礎。這就是基於血緣關係所建立起來的道德準則"孝"與"悌",即在一個家庭中,下輩對長輩和長者的孝順與尊敬。為什麼這一道德準則會成為其他道德的基礎和根本呢？這與周朝是個建立在家族統治基礎之上的宗法制國家有關。"普天之下，莫非王土；率土之濱，莫非王臣。"天下是周王的家天下，周天子就是天下的家長。天子而下，不同等級的貴族階層分土聚族而居。因此家族中的倫常尊卑關係，不但構成了整個封建貴族社會等級秩序的基礎級次，也成為了整個國家貴族等級秩序的縮影和象徵。因此程子說："孝弟行於家，而後仁愛及於物，所謂親親而仁民也。"（《集注》）我們知道，中國古代社會中最為重要的政治道德即為忠。而從有子這段話中我們可以略略感覺到，這一政治道德實際上也正是以孝悌之德為根本建立起來的。如朱熹所說："人能孝弟，則其心和順，少好犯上，必不好作亂也。"（《集注》）從不犯上作亂者，正是家天下政治中最為看重的能盡忠之人。由此可知，中國古代統治者之所以熱衷於推崇孝德，其潛話語其實正落實在忠君上。

當然，在有子這段話裏，還是要為仁德的推行找到一個切近人性和人情的根基。我們將會看到，這也是儒家道德觀的一個特點。

3 子曰："巧言^{1}令色^2，鮮矣仁！"

注釋

1. 巧言：花言巧語。

2. 令色：偽善面貌。

串講

　　孔子說："花言巧語，裝出一副偽善面孔的人，是極少有什麼仁德的！"

評析

　　孔子多次對花言巧語、以一副諂媚的嘴臉取悅於人的角色表示了自己的鄙視。這有兩個原因，一個是當時貴族等級社會的秩序已經被打亂，如孔子這類出身貴族家庭的人許多都流落社會下層不用說了，一些位居下層的人士也往往可以通過如簧巧舌或討好逢迎來巴結權貴，附庸而上，以擺脫自己的卑微地位。當時這類人頗多，以至於社會上已形成了一股爭為"巧言令色"的風氣。二是這類人欺世盜名，往往騙取了不明真相的人們的欣賞與信任，而使那些真正具備優良教養與內在德行的人成為社會上的被忽略者。

　　有兩件事可以說明這股風氣造成了什麼樣的道德判斷上的混亂。一是孔子自己曾這樣感歎道："吾以言取人，失之宰予；以貌取人，失之子羽。"說的就是宰予能言，受到孔子欣賞，而實際上宰予這個人無德行無操守，後來為孔子所不齒，說他是"朽木不可雕也，糞土之牆不可杇也"。而子羽（澹台滅明）貌醜，孔子一開始看不上他，但實際上子羽卻是個難得的人才，後來深得孔子的讚賞。由此可見巧言令色是多麼不可信（參見《公冶長》篇，《史記‧仲尼弟子列傳》）。二是在《憲問》篇裏我們可以看到這樣一則記載：一個叫微生畝的人批評孔子道："孔丘為什麼這樣忙忙碌碌呢，這不是逞口才嗎？"以至於孔子不得不為自己辯解道："我不是好逞口才。只是因為厭惡那些冥頑不化的人，我才這樣做的。"孔子自己都被看作是個好巧言之人了。因此，孔子對這類人可說是深惡痛絕，並在道德上否定了這類人的言行，認定這類人是不大可能具備仁德的。

孔子自己是重視一個人內在的道德修為的，而且認為一個人的道德修為越是高深，他的神情、言行就越是謹慎、持重，甚至木訥。他對一切追求表面效果的行為都缺乏道德上的信任感。有一次，他的大弟子子路穿了件漂亮的衣服來見他，便讓他劈頭蓋腦地說了一頓。後來他這樣教訓子路："奮於言者華，奮於行者伐，色知而有能者，小人也。"（參見《荀子・子道》）孔子對於人格形象的這種外在制約性要求，與他所推崇的禮制社會中人人應該本分自守的要求是一致的，而在另一方面，這一要求對於中華民族形成內斂型的文化人格，也起到了直接的觀念影響作用。

❹ 曾子[1]曰："吾日三[2]省[3]吾身：為[4]人謀而不忠[5]乎？與朋友交而不信[6]乎？傳[7]不習乎？"

注釋

1. 曾子：姓曾，名參（shēn），孔子弟子。

2. 三：再三，多次。

3. 省（xǐng）：反省，自我檢查。

4. 為（wèi）：給，替。

5. 忠：盡心竭力。

6. 信：守信用，誠實。

7. 傳（chuán）：老師傳授的學說和知識。

串講

　　曾子說他每天要多次地反省自己：替別人辦事是否盡心竭力了呢？同朋友交往是否講信用呢？老師傳授的學業是否複習了呢？

評析

　　曾參是孔子的另一個出類拔萃的弟子，對於推行和傳播儒家學說起過非常重要的作用，《論語》中對他言行的記載次數比他的師兄弟們都要多。他在這裏提出了儒家道德內修的一個基本方法，就是經常性地反躬自省。封建禮制對人的行為的節制是具有外在的強制性特徵的，但這並不能保證一個行為中規中矩的人在人格上同時也具備了與禮制理念完全一致的道德內涵，因此，相比較禮制的外在制約而言，儒家更重視一個人內在道德的培養。孔子就說過這樣的話：人而不仁，如禮何？人而不仁，如樂何？（《八佾》）不具備真正的仁德，禮樂的完備又有什麼意義呢？因此，儒家強調"慎獨"，就是說即使是一個人獨處的時候，也絲毫不能在道德的修為上有所懈怠——這與曾參在這裏提出的經常內省的方法在精神上顯然是一致的。

當然，在這一章裏，我們也應注意曾參談到的他每天多次內省的三個內容。這三個內容中，前兩個與人際關係有關。人際關係是儒家禮治社會理念非常重視的一個社會學內容。禮治社會靠嚴格的社會等級制形成穩定的社會結構與尊卑秩序，但等級制的不平等現實和人治的主觀性，同時也造成了社會心理的緊張與壓抑。因此，除了盡力張揚忠恕之德、仁愛之心外，儒家也寄希望於全社會人與人之間以人之常情為基礎，建立起各種各樣良好的、和諧的人際關係。這是中國傳統社會重人情、重社會交際的緣由。因此，如曾參在這裏涉及到的忠誠、誠信等社交原則，儒家提出了一系列關乎人際關係的道德理念。至於這些道德理念是否經得起社會現實中種種利害得失的考驗，就有賴於我們每個人自己去親身體會了。

5 子曰：“道¹千乘²之國，敬³事而信，節用而愛人⁴，使民以時⁵。”

注釋

1. 道：治理。
2. 千乘（shèng）之國：擁有一千輛兵車的國家。四匹馬拉的車一輛稱為一乘。
3. 敬：慎重。
4. 愛人：古代“人”字有廣狹兩義。廣義的“人”指一切人群；狹義的“人”只指士大夫以上的各階層的人。這裏和下文的

"民"相對,用的是狹義。

5. 以時:按時,不違農時。

串講

孔子說:"治理一個具有千輛兵車的國家,就要謹慎認真地處理事務,誠實守信,節約費用,愛護官吏,役使百姓要在農閒時間才行。"

評析

在這一章裏,孔子表述了他的治政理念。在一個人治社會裏,必須對統治者的政治人格和政治道德提出很高的要求,否則任由一個無德無能者為所欲為,其結果將是天怒人怨,天下大亂。因此,孔子在此提出了幾個基本原則:

一是敬事,也就是我們常說的要敬業,要有全心全意的、認真不苟的工作精神。

二是要誠信。這裏的誠信不是一般的人際關係上的誠實守信,而是要在政治上取信於民。完全靠陰謀和法術來統治民眾,不是孔子所能贊同的政治思想。

三是要節用。在一個生產力水平低下,物質財富的積累還相當有限的自然經濟社會裏,節省資金、物盡其用自然是任何一個為政者都不得不認真考慮的基本原則。事實上,這在任何社會中都應該成為一條基本的行政原則。《子罕》篇裏記載的一件事可以說明孔子對這一原則所秉持的態度。當時,貴族的禮帽已由過去的用麻改為用黑絲,這是不合禮法的。但這樣做在經濟上要節儉一些,因此孔子表示,雖然不合禮,但他還是可以認可大家的做法。

四是要愛人。在孔子的時代，所謂人往往有廣狹兩義，廣義指所有的人，狹義則只是指士大夫以上的貴族階層人士。這段話裏人與民對舉，可知所指是貴族階層人士。孔子的意思是說，一個統治者，要懂得愛惜自己的各級官員，這樣才能使他們心情暢快、盡忠職守。

最後，孔子說，不要濫用民力，應該在適當的時候役使他們。孔子並沒有民本思想。禮不下庶人，最底層的草民在孔子的思想體系中是沒有多少地位的。但是這並不妨礙孔子要求一個統治者應該盡可能地關愛廣大下層民眾，因為這是所謂仁德的一個重要內涵。《禮記・雜記》中記載了一個故事，說是子貢陪孔子觀看具有狂歡節活動性質的"臘祭"。孔子問子貢：高興嗎？子貢說，一國的人都像發了瘋一樣，我不知道這有什麼可高興的。孔子說，這就不是你所能明白的了。民眾辛苦一年，歲末放鬆一天，飲酒狂歡，這正是人君應有的恩澤啊。

6 子曰："弟子[1]入[2]則孝，出[3]則弟，謹而信，泛愛眾而親仁[4]。行有餘力，則以學文[5]。"

注釋

1. 弟子：一般有兩種意義；一是指年紀幼小的人；一是指學生。這裏用的是第一種。

2. 入：進入父母的房間。

3. 出：走出自己的房間。

4. 仁：有仁德的人。

5. 文：指包括古代文獻在內的禮文知識。

串講

孔子說："年紀輕的人在家要孝敬父母，在外要尊敬兄長，善於和人友好相處，做事情要謹慎誠實，要泛愛大眾，並且去親近有仁德的人。實踐了這些之後還有餘力，就用來學習禮儀文化。"

評析

這段話裏，除了我們前面已經分析過的思想外，還提出了一些新的命題。

一是泛愛眾。一般人認為這是博愛大眾的意思。但是孔子的思想裏，並沒有我們今天的所謂"博愛"，不宜不加限定地應用博愛一詞來讀解。博愛是建立在人格平等的觀念上的，而孔子反對任何意義上的平等理念。因此，這裏的泛愛眾，只是孔子對統治階層提出來的一種施愛於民的方式，而作為被統治者，下民自己是沒有什麼泛愛眾的問題的——他們甚至都沒有施愛於人的權利。所以當孔子說仁者愛人的時候，即使是從最廣義的角度去理解，他所表達的也是站在上層社會的立場上，以等級制為基礎的自上而下的施愛原則。這一點，可以參照前一章的愛人觀來理解。

二是親仁，是親近仁人的意思。這也是一種修身養德的方式。近朱者赤，近墨者黑，親近仁人，也就能提示自己始終保持應有的君子形象。

三是行有餘力則以學文的問題。孔子始終以德行修養為本，因為這是建設一個安定文明的社會的前提。但學文不能望文生義地狹隘地理解為學習文獻，雖然學習文獻也是學文的一個重要內容。學文也包括學習各種禮文儀式，這是上流社會教養的一個重要組成部分。但是禮治社會中，繁文縟節有時學不勝學，因此可在躬行仁德之餘，從容修習。可見這句話裏並不包含任何輕視文的含義。

⑦ 　子夏[1]曰：“賢賢易色[2]；事父母，能竭其力；事君[3]，能致[4]其身；與朋友交，言而有信。雖曰未學，吾必謂之學矣。”

注釋

1. 子夏：姓卜，名商，字子夏。孔子弟子。
2. 賢賢易色：重品德而不是重容貌。易：交換，改變，取代。
3. 君：君主。
4. 致：獻納。

串講

子夏說：“重品德而不是重容貌；侍奉父母，能盡心竭力；侍奉君主，能在必要的時候獻出自己的生命；和朋友交往，說話講信用，說到做到。這樣的人，就是有人說他沒有學習過，我也一定說他是學習過的。”

評析

這是孔子弟子子夏的一段話。一般而言，孔子弟子的思想都是對孔子思想的發揮，但是我們還是不能完全對等地看待孔子弟子和他本人的言論，因為他們與孔子在思想境界和道德境界上還是有着很大差距，需要我們細心體會。

在這段話裏子夏談到了忠君的問題。他表示，一個具備正確的政治道德的人，是可以為了君主獻出自己生命的。這是古代社會所謂愚忠的思想根源，孔子自己是不是贊同這樣的思想，很值得懷疑。因為孔子的人治思想是以德治為前提的，有德者有天下，沒有任何附加條件的忠，是不符合孔子的文治社會理想的。孟子說：“君之視臣如手足，則臣視君如腹心；君之視臣如犬馬，則臣視君如國人；君之視臣如土芥，則臣視君如寇仇！”（《孟子・離婁章句下》）雖只是就君臣關係立言，但其無德之君不足忠的思想，恐怕在邏輯上還是要更接近孔子。

另一個應有所分析的是“賢賢易色”的說法。在這一說法裏，好的品德與美麗的容貌對立而言，表現出明顯的褒賢貶色之意。就是說，美貌本身從立論開始就已經歸於負面價值中去了，似乎根本就沒有與美德相容並存的空間。這形成了一種巨大的愛美無德的心理暗示，使人們天生的愛美色之心無法"正當"起來。

這裏，我們可以提一提孔子見南子的故事。南子是當時衛侯的夫人，以美貌聞天下，但是名聲不好。孔子獨自去見了她。子路知道後不高興，孔子便對子路發誓道："我如果做了不對的事情，上天也將厭棄我！上天也將厭棄我！"孔子如此不能自持自若，《論語》一書中，甚至也許孔子一生中，僅此一例。數千年下，我們依然可以想見孔子當時不僅心虛，而且簡直就是陷入了一片恐慌與尷尬中。據說他那句著名的感歎："吾未見好德如好色者也！"就是這件事之後說出來的，聽起來似乎有着明顯的自嘲之意。（參見《雍也》篇及《史記·孔子世家》)孔子沒做虧心事，為什麼會如此心虛呢？這只能看作是子路沒來由的愛美無德的心理暗示所造成的結果。不過，如果我們仔細地分析孔子自己的這句感歎，則會發現他並沒有簡單地將好色歸於負面價值之內。因為他的話也可以這樣來理解：人們要是像好色一樣好德就好了！如果我們的理解沒錯，則孔子至少認為好色本身還是屬於人的正常心理，只是可惜人們對道德的追求達不到這樣發自內心的水平就是了。因此我們要歎惜的倒是，後人（包括孔子的弟子們）並沒有正確地理解孔子，而讓這一愛美無德的強大的心理暗示，在整個民族的美色觀念及美色心理上，沉甸甸地重壓了數千年。

8　子曰：“君子不重¹則不威；學則不固；主忠信；無友不如己者；過則勿憚²改。”

注釋

1. 重：莊重，厚重。
2. 憚（dàn）：怕。

串講

　　孔子說：“君子如果不莊重的話，在人面前就沒有威嚴了；即使讀書，他所學的東西也不牢固。另外，要以忠誠和信實這兩種道德為根本。不要和品德太差的人交朋友。人一旦有了過錯，不要避諱，要去積極改正。”

評析

　　讀《論語》，我們應該有一個基本意識，那就是孔子的道德觀念儘管具有普適性，但在當時並不是針對所有人而言的，而是因人而異，因社會身份而異的。這一章也是如此。這裏的君子，是指那些能成為合格的統治階層人士的人。所以孔子首先要求他們儀表莊重，以具備與他們的上層人物身份相適應的尊貴形象，並且以此形成對下層人士的心理威懾力。《詩經》中有一句詩，叫做“敬慎威儀，惟民之則”（《大雅·抑》），說的也就是這個意思。因為就德治文化而言，身居官位者最重要的品質既不是管理能力，也不是服務精神，而是成為下層民眾景仰和崇敬的文德典範。和孔子差不多同時代的鄭國的北宮文子對此有過更為詳盡的說明。他說：身居官位者應該使人敬畏，進退揖讓、言行舉止能夠成為下人的準則，工作和德行可以為人仿傚，語氣令人愉悅，動作有風度，言語文雅，以此面臨下屬，就叫做有威儀。(《左傳》襄公三十一年)事實上孔子自己在這方面就非常講究。這一點，我們在後面的《鄉黨》篇中將會有所瞭解。另外，忠誠、誠信這兩種品質更是為官者所必須具備的。同時，人非聖賢，孰能無過？孔子對這一點有非常達觀的認識。但他要求統治者應該知錯就改，不能有任何躲閃和猶豫。誠如孔子的弟子子貢所說，君子的過錯就像日月之食一樣，犯錯誤時大家都看得見，改正錯誤時大家都仰望着。(《子張》)

⑩ 子禽[1]問於子貢[2]曰："夫子[3]至於是邦[4]也，必聞其政，求之與？抑[5]與之與？"子貢曰："夫子溫、良、恭、儉、讓以得之。夫子之求之也，其諸[6]異乎人之求之與？"

注釋

1. 子禽：姓陳，名亢，字子禽。從本書第十九篇第二十五章來看，他大概不是孔子的學生。

2. 子貢：姓端木，名賜，字子貢。孔子的學生。

3. 夫子：對人的敬稱。古代凡做過大夫的人都可以獲得這一敬稱，這裏指孔子。

4. 邦：指諸侯國家。

5. 抑：還是，或是。

6. 其諸：大概，或者。

串講

　　子禽向子貢問道："孔子一到這個國家，就能聽到這個國家的政事，是孔子求人告訴他的呢？還是人家主動告訴他的呢？"子貢回答說："孔子是以溫和、善良、恭敬、儉樸、謙讓的美德而使得人家主動地把政事告訴他的。他獲得這些的方法，大概與別人的不盡相同吧！"

評析

　　這一章裏最重要的內容自然是子貢對他老師人格形象的描述，這一描述歸納為溫、良、恭、儉、讓五字，也就是人們常說的溫文爾雅、謙恭有禮。而這五個字，也就成了後世博雅君子們的形象楷模。朱熹說："五者，夫子之盛德光輝接於人者也。"（《集注》）可見要做到並不容易。在書中的另一處，有一章則是這樣描述孔子的人格形象的：孔子溫和而嚴厲，有威儀而不兇猛，莊重而安祥。（《述而》）可以

子貢

做為子貢所述的參照。

在一個以德為本、以禮儀為通行的社會行為方式的社會裏，要求君子們具有這樣一種形象模式是順理成章的。而在現代社會中，雖然作為一種良好的文明教養，它仍然不無可取之處，但如果只是把它作為一種性格內斂和精神自抑的方式，那就反而會表現出一種不文明的性質了。

⑫ 有子曰：“禮¹之用，和²為貴。先王之道，斯為美；小大由³之。有所不行，知和而和，不以禮節⁴之，亦不可行也。”

注釋

1. 禮：禮制、禮法。
2. 和：適合，恰當，協和。
3. 由：遵從。
4. 節：節制，約束。

串講

有子認為，禮法的應用，以凡事做到協和適當為可貴。從前聖明的君主治國的方法，這方面是做得最好的；而且無論大事小事都按照這條原則去做。不過，也不能一概而論。如果只知為了協和而一味地追求調和一致，卻不知用一定的禮法加以節制，這也是不可行的。

評析

　　有子的這段話涉及到儒家學說中一個非常重要的概念，那就是"和"。"和"本是一個烹調學的用語，晏子曾這樣對齊景公說："和"就像羹湯一樣。用水、火、醋、肉醬、鹽、梅來烹調魚肉，用柴禾來燒煮，廚子加以調和，使味道適中⋯⋯（《左傳》昭公二十年）所以，"和"有混和一體、適中、各種因素取得平衡、恰到好處等等含義。儒家學說將這一概念引申應用到社會學和人文學諸領域，以表示他們所追求的平和、和諧、系統中各元素相安無事並統一為一個有機整體的理想境界。這樣的理想境界，既適用於美學範疇，也適用於社會學和心理學範疇，當然，在政治和道德領域也不例外。有子所說的"和"，就是一種社會秩序上的理想境界。因為禮作為一種注重規範、講究分寸、等級嚴格、界線分明的社會制度，在具體的運作中有可能使社會各階層形成明顯的差異與隔離狀態——這就是程子所謂的"禮勝則離"（《集注》）——而這與孔子秩序井然、各得其所而又和諧共生的治平理想是相悖的，因此有子才提出以和為貴的禮治觀，並將"和"稱之為儒家政治學說中最為美好的一條原則。但他的補充說明同樣也很重要。因為一味的為了和而和，就會抹殺與混淆應有的等級差異與尊卑界線，整個社會的禮制秩序也就因此而被打亂，結果將使和走向自己的反面。

⑭ 子曰：“君子食無求飽，居無求安，敏於事而慎於言，就[1]有道[2]而正[3]焉，可謂好學也已。”

注釋

1. 就：走向，接近。
2. 有道：有仁德的人。
3. 正：匡正，糾正。

串講

君子不追求飲食的滿足，不追求居住的安逸，做事勤勞敏捷而言語謹慎，向有道德的人求教以糾正自己的缺點，孔子認為這才稱得上是好學的人。

評析

孔子在這裏為好學下了個定義。但是這裏所說的好學，我們不可以作一般的熱衷於學習來理解。孔子所講的其實是如何一心求道，即我們今天所謂的追求信仰的問題。好學可以是基於興趣、基於功利，或者基於自己的人生目的而表現出來的熱情，但是對信仰、對真理的追求有別於此。後者必須放棄對一切身外之物的在意，鍥而不捨地、專心致志地對所信仰的學說進行不斷的追問。孔子曾經說過：只有十戶人家的小鎮，也一定有像我這樣具有忠信品質的人，只是不如我好學就是了。（《公冶長》）

孔子是儒家學說和文治理想的創立者，其信仰是現世的、此岸的、建立文明社會的信仰，因此他一生懷着救世之心四方奔走，希望自己的學說能被有國者接受和應用。但他終其一生沒有看見這樣的希望，因此非常希望後繼者能像他一樣勉力而為，以實現他未竟的理想。我想，這才應該是他鼓吹所謂 "好學" 的本心。

⑮　　子貢曰：" 貧而無諂[1]，富而無驕，何如？" 子曰：" 可也；未若貧而樂，富而好禮者也。" 子貢曰：" 《詩》[2] 云：' 如切如磋，如琢如磨'[3]，其斯之謂與？" 子曰：" 賜也，始可與言《詩》已矣，告諸往[4] 而知來[5] 者。"

注釋

1. 諂：諂媚，用獻媚的態度向人討好。
2. 《詩》：指《詩經》。
3. 如切如磋，如琢如磨：子貢引的是《詩經·衛風·淇奧》篇中的兩句詩。是說治骨器的切削了再銼平，治玉器的雕刻了再磨光。這裏以此比喻君子精益求精地加強自己的修養。
4. 往：過去的事，這裏比喻已知的事。

5. 來：以後的事，這裏比喻未知的事。

串講

　　子貢問孔子："人在貧窮的時候不去巴結奉承，富有了也不驕傲自大，這樣的人怎麼樣？"孔子回答說："還行吧。但還是不如那些安貧樂道，有錢卻謙虛好禮的人啊。"於是子貢說："《詩經》上說的'如同細切細磋，精雕精磨'，就是您說的這個精益求精地加強修養的意思吧？"孔子說："賜啊！現在我可以和你談論《詩經》了。告訴你一件事，你就知道進一步推演深化，舉一反三了。"

評析

　　此章是孔子與子貢師生二人討論一個人處於貧富不同境地時的人格修養問題，這是個非常現實的問題。因為即使是生活於一個理想的禮制社會，貧富懸殊都會給人帶來強烈的人生困惑，並成為社會潛在的不穩定因素。孔子自己就這樣說："貧而無怨難，富而無驕易。"（《憲問》）因此，如何做到貧者安生、富者安分，是治平社會的一個難題。子貢的想法，只是從道德品質上去要求窮人和富人，而孔子則表示必須從人生觀上解決這個問題。他曾經讚揚過大弟子顏回"一簞食，一瓢飲，在陋巷；人不堪

陋巷故址

其憂，回也不改其樂"（《雍也》），也曾經夫子自道說："飯蔬食飲水，曲肱而枕之，樂亦在其中矣。不義而富且貴，於我如浮雲。"（《述而》）都是他所謂"貧而樂"人生觀的具體表達。根據這種人生觀，貧本身並不是恥辱，恥辱的是精神上的貧乏和不自足。《史記·仲尼弟子列傳》中記載了這樣一則故事，說子貢富貴之後去看自己的師兄弟原憲（子思），原憲住在荒郊野外的一間破房子裏，破衣爛衫地出來見他。他見了後嘲笑原憲說："你有毛病嗎？怎麼穿得這麼破爛？"原憲說："我聽說沒有錢財的人叫做貧，學了道而不能實行的人才叫做有毛病。我不過是貧窮罷了，不是有什麼毛病。"子貢聽了後深感羞愧，以至於一輩子都為這次說錯了話而自責。

富而好禮的人生觀，在性質上與貧而樂其實是一樣，也是不以富為然，如莊子所說："所樂非窮達也。道得於此，則窮達一也。"（《莊子·讓王》）應通過不斷的努力，去追求更高的、精神性的人生價值與意義。所以當子貢引用《詩經》中的句子來表示這樣的意思時，孔子便非常高興地讚揚了他。

為政第二

① 子曰："為政以德，譬如北辰[1]居其所而眾星共[2]之。"

注釋

1. 北辰：北極星。
2. 共：同"拱"，環繞。

串講

孔子說："國君用仁德去治理國家政事，就會像北極星處在它所在的位置上，而眾多的星辰環繞在它的周圍。"

評析

這句話看起來很簡單，但實際上表達了孔子非常重要的政治學理念。孔子崇尚的是權利不平等的貴族等級制社會，它的嚴苛性，人治的主觀任意性，是這種制度無法迴避的隱患。因此，孔子要求通過對統治者的道德限定和道德監督來克服這一隱患。這就是德政、德治思想的提出。統治者必須是一個在道德上符合賢明標準的人。季康子曾經多次向孔子請教政治問題，孔子有次對他說：政者正也。您自己以品德端正為領導，誰敢不行為端正呢？還有一次孔子則說：您追求善，老百姓就會向善。上層人士的德行就像風，下層民眾的德行就像草，風在草上吹過，草必定順着風向傾倒。（《顏淵》）這些話都是立德以治政的意思。按照孔子的想法，有君子之德的人身居高位，就能以善德感召天下，成為天下人的楷模和典範，使得人人都願意學習他，追隨他，遵從他的意志，以他為榜樣做一個有德的人，一個安分守己的人。人人都這樣，身居高位者也就能夠做到無所為而天下治了。孔子甚至還這樣對季康子說：只要您自己不貪，您就是懸賞，老百姓也不會盜竊。(《顏淵》)當然，我們不知道孔子崇尚的遠古聖王是否真的達到過這樣的德治效果，但至少，對於古代專制社會的統治者來說，這一要求是他們不得不時時拿來照一照自己的自律之鏡。

> ❷ 子曰："《詩》三百¹，一言以蔽²之，曰：'思無邪'³。"

注釋

1. 三百：《詩經》共有詩三百零五篇，"三百"是舉其整數。
2. 蔽：概括。
3. 無邪：純正，不邪惡。

串講

　　孔子認為，《詩經》三百篇，用一句話——"心思純正"就可以概括了。

評析

　　這一章表述的是孔子的文學觀。孔子是將《詩經》當作政治文本和意識形態文本來解讀的，並且要求詩歌的寫作能夠做到充分的意識形態敘事化。作為一個有着高深藝術修養的智者，孔子不可能不知道詩歌訴諸情感和美感的美學特點，但他認為這不過是為了調動讀者的情感以便於進入更為深入的意識形態思考罷了，因此詩歌中的情感與美應該受到社會理性的制約，成為正確的政治隱喻和意識形態言說，這也就是《毛詩序》中所說的發乎情、止乎禮義的意思。他認為，《詩經》正是體現了這一文學理念的經典之作。

孔子的這一思想，與《詩經》在當時貴族社會及其政治活動中實際所起的作用是相關的。周朝自古有所謂採詩制度。據先秦有關文獻資料，這一制度的基本運作方式是這樣的：農閒時，國家出費用，招募一些無子嗣的老年男女，讓他們搖着一種木舌銅鈴，從一個地方走到另一個地方，沿途採集各地的民間詩歌。這些人收集的詩歌將由各級貴族層層上報，一直送達天子處。最後由職位最高的宮廷樂官太師一一唱給天子聽，而天子也就借此全面瞭解王朝各地的民風民情，治理狀況。

當然，既然有了這樣一個制度，身居下位的一些有識之士也就常常有意創作一些具有政治諷刺意味，或者政治批判內涵的詩歌，傳唱開來，以便通過採集者的收集，將下層社會的心意傳送到最高統治者那兒，希望統治階層能因此而自上而下地對不良的政治狀況予以糾處。

而這些廣泛收集的詩歌，經過不斷篩選整理後，便逐漸成為了周朝貴族統治階層瞭解不同社會狀況、學習各種政治理念的意識形態權威文本，並被配上各種宮廷音樂，在不同的場合和不同的儀式上進行演唱。這樣一來，這些抒情詩歌也就逐漸被賦予了某些相對確定的政治寓意或思想寓意，而成為貴族社會進行政治交流或外交交流的一種委婉言說方式。到春秋時代，在從事政治外交活動時，利用詩歌的演唱和賦頌來表達和交流自己的思想和心意，已成為一種相當普遍的現象。這也就是所謂的賦詩言志。《左傳》一書中記載了大量的這類故事，可以參看。

由此也可看出，中國遠古詩歌從一開始就是被作為政治參考文獻來接受、來運用的，後來又被高度地政教權威化和意識形態化了。這當然也就會影響到人們對詩歌本質的認識和理解。孔子說：熟讀《詩》三百篇，交給他政治事務，他處理不了；派他出使外國，他也不能獨立地去談判、酬酢；（這樣的話）就算他讀得多，又有什麼用處呢？（《子路》）更是具體地說明了運用詩歌進行政治、外交交流，是貴族統治階層人士必須具備的一種從政能力和技巧。

孔子的這些詩歌觀念，作為中國正統文學理念，主宰了中國古代的文學活動兩千多年。

❸　子曰：“道¹之以政，齊²之以刑，民免³而無恥；道之以德，齊之以禮，有恥且格⁴。”

注釋

1. 道：同“導”，引導。

2. 齊：齊整，制約。

3. 免：免於犯罪。

4. 格：遵循規範。

串講

孔子說：“用政令來引導，用刑罰來整頓，百姓只能暫時免於犯罪，卻沒有羞恥之心；如果代之用仁德來引導，用禮教來整頓，那麼百姓不但有了羞恥之心，而且能夠自動地去遵循禮儀規範了。”

評析

這一段話是孔子德治思想的精確表達。在這段話裏，孔子將社會管理分為兩種類型，一種是以行政的方式——或者如一些注者所說用政法的方式——來治理，並輔之以刑罰的懲治；一種是道德的方式來治理，並輔之以禮制的束縛。第一種方法因為沒有權利意識，不能牽強地理解為有法治含義，因此確切地說是指的一種專制政治。事實上，後來的法家基本上秉承的就是這樣一種政治理念。在這種制度下，人們由於害怕而避免犯罪，可是因為只有刑律成為限定人們行為的惟一準則，因此一切道德理念便都可以置諸腦後了。這樣的人，自然只是一群沒有信念、沒有價值意識、沒有羞恥之心的人。後來我們看到的戰國時期的法家人物，便多是這樣一些厚顏無恥之徒。第二種方法則關注人們的精神與心靈，教給人們以生存的價值與信念，以羞恥之心培養人們的尊嚴意識，使人們因為主動地追求文明理念和崇高信仰而富有教養，充滿自律精神。在這樣的情況下，誰還會去犯罪呢？孔子說：“聽訟，吾猶人也，必也使無訟乎！”（《顏淵》）表達的應是同樣的政治理想吧？

孟子曾經說過：“無羞惡之心，非人也。”（《孟子·公孫丑章句上》）因此，即使在一個法制健全的社會，孔子注重精神關照的治世思想，也還是沒有過時的。

4　子曰：“吾十有¹五而志於學，三十而立²，四十而不惑³，五十而知天命⁴，六十而耳順⁵，七十而從心所欲，不逾⁶矩⁷。”

注釋

1. 有：同“又”。
2. 立：懂禮儀，從而能立身於世。
3. 不惑：懂得了各種事情，不受迷惑。
4. 天命：命運，或者左右人世的某種超越性力量。
5. 耳順：聽別人說什麼話都能心知肚明並且寬容理解。
6. 逾：超越，超過。
7. 矩：規矩，法度。

串講

孔子說：“我十五歲立志求學；三十歲懂得禮儀，從而立身處世能站穩腳跟，說話做事都有把握；四十歲因懂得了各種事情而不再受到迷惑；五十歲得知了人的命運是不能完全由他自己來掌握的；六十歲聽到別人說什麼話都可以既做到明辨是非真假，又能容納理解；七十歲就可以隨心所欲，同時任何想法又都合乎法度，不超越規矩了。"

評析

　　這是孔子很著名的一段話，後來的中國人常將其中的說法作為人生階段性成長的標準來要求自己。其實，我們倒不妨將它看作是孔子一生求道成聖的一個精神自傳。從十五歲確定自己的人生追求開始，孔子逐漸成長為一個有教養的人，一個有智慧的人，一個與天地精神相通、有超越意識、有敬畏之心的人，一個有博大胸懷和達到了寬容境界的人，一個實現了自我確證和精神自由的人。這是一個聖人的心路歷程。我們不是聖人，也成不了聖人，但是任何人如果窮其一生去求索做一個人格自立、精神自足的人，是不是多少也可以對孔子一生的精神追求有所體會呢？

⑫　子曰："君子不器[1]。"

⑬　子貢問君子。子曰："先行其言而後從之。"

⑭ 子曰：“君子周²而不比³，小人比而不周。”

注釋

1. 器：器皿。因器皿只為某種需要製作，其用途有限，這裏比喻人的有限的才能。
2. 周：與人團結。
3. 比：與壞人勾結。

串講

孔子說：“君子不要像器具那樣，只有一種用處。”

子貢問怎樣才能成為一個君子。孔子教子貢把想說的事先做出來，做了以後再說。

孔子認為君子是以道義來團結人，而小人是以暫時的共同利害互相勾結的。

評析

君子和小人在先秦時期是屬於兩個社會階層的人，在孔子的話語中，他們更經常的是被用來指稱兩類具有截然不同人格的人。孔子關於君子小人的議論很多，這裏所引的是《為政》篇中相連的幾句。他如此重視這個問題，是因為這關乎他的文明社會理想——這個社會事實上只能以有教養、有信仰和高質量的人為主幹、為統治階層才能建立起來。

《禮記·學記》上說：“大德不官，大道不器。”大體上可以看作是對上面第一句話的注解。君子為什麼就不能是個專業人才呢？因為所謂君子並不是一般的有道德有教養的人，而是文治社會中合格的統治人才。他們要麼成為國家政務的治理者，是為大道不器；要麼成為國家意識形態信仰的代言人和傳佈者，是為大德不官。他們是擔天下道義和天下興亡於一肩的人，任重而道遠，怎麼能讓一些具體的專業技藝轉移了他們對國家對信仰的責任心呢？因此孔子的弟子子夏說：各種工人呆在作坊裏以完成他們的工作，君子則通過學習來達到得道的境地，對二者的人生價值予以了本質上的區分。子夏還說：雖說是小技藝，也一定有可取之處，但擔心陷得太深了拔不出來，誤了道義大事，所以君子不做這些事。（《子張》）具體解釋了君子不器的理由。因此，儘管孔子自己就是個多才多藝的人，但他並不認為這有什麼意義，反而說這些技藝不過是些"鄙事"，是因為自己小時候生活太過貧賤造成的結果，如果是個君子的話，就不會學會這麼多技藝了。當達巷黨人說他"博學而無所成名"時，他當着弟子的面嘲笑這種說法道：那我靠什麼去成名呢？靠趕車呢？還是靠射箭呢？我還是靠趕車吧。（《子罕》）

　　孔子和他的君子觀中對專業技能的態度，對後世中國人的人生觀及職業觀產生了深遠的影響。積極的一面前面的介紹中已經能夠看到，而消極的一面則是對技藝追求、工匠精神乃至科學意識的壓抑與扼殺。這一消極因素千百年來一直深深地沉澱於我們民族的文化精神之中，直到今天還未能徹底清除。

　　當然，瞭解了孔子的君子觀，我們也就能夠理解後兩句話中對君子的道德要求了。孔子實際上所要求的是一種正確的政治道德和政治人格。一個正直的政治家，不能光耍嘴皮子，而應該先幹再說；也不能只知結黨營私，而應該富有團結精神，以利於天下治平的大業。這種要求，直到今天也還應該成為政治家們的從政信條。

⑱ 子張¹學干²祿³。子曰："多聞闕⁴疑，慎言其餘，則寡尤⁵。多見闕殆⁶，慎行其餘，則寡悔。言寡尤，行寡悔，祿在其中矣。"

注釋

1. 子張：姓顓（zhuān）孫，名師，字子張。孔子弟子。
2. 干：求。
3. 祿：官吏的俸祿。
4. 闕：同"缺"，這裏有保留、迴避的意思。
5. 尤：錯誤。
6. 殆：意同上文"疑"。

串講

　　子張向孔子學求官職得俸祿的方法。孔子說："多聽各種意見，有懷疑的地方暫時擱下，對其餘有把握的問題謹慎地說出自己的看法，那麼就可以少犯錯誤了；多看各種事情，有疑惑不清的問題也暫時擱下，對其餘有把握的謹慎地去實施，那麼就能減少後悔了。說話少犯錯誤，做事又很少後悔，官俸也就在這裏面了。"

評析

　　這是孔老夫子向他的弟子傳授的仕途經濟，或者說在官場混飯吃的一些基本原則。總的來說就是多聽、多看、少說、少失誤，盡量做一些有把握的事。這應該算是中國人的官僚生涯中必備的一些技巧了吧？不然的話這樣的為官之道為什麼至今還有效呢？另外，孔子傳授這些技巧時的耐心，可以和他對樊遲問稼時的不屑態度對照起來看。當時，樊遲向孔子請求學習種莊稼。孔子說：我不如老農民。樊遲又請求學習種菜。孔子依然只是說：我不如老菜農。而等樊遲退出去後，孔子才說：樊遲可真是個小人哪！（《子路》）這可見得他的教育目的其實只有一個，那就是培養合格的統治人才。

　　不過，這些話在孔子的思想裏也許還不是從政的原則。什麼是從政的原則呢？孔子有過不少相關的言論，在後面的內容中我們將會逐漸看到。其中專門對子張說過的一句話是：在位從不倦怠，以忠誠之心來治理政事。（《顏淵》）這可以說是孔子要求當政者做到的從政原則之一，也可以看作是孔子向子張傳授做官技巧的一個道德補充。

　　當然，我們也可以從一般的角度把孔子的這些話看作是對君子修養的要求。《大戴禮記·曾子立事》篇中說："君子疑則不言，未問則不言。"寡言，少說話，是孔子一再強調的君子修養。看起來有點過分，但實際上對於一個重視尊嚴的人來說，這一要求也不失為一個有益的提醒。

⑳ 季康子¹問：“使民敬、忠以勸²，如之何？”子曰：“臨³之以莊，則敬；孝慈，則忠；舉善而教不能，則勸。”

注釋

1. 季康子：姓季孫，名肥，魯國的大夫，是魯哀公時政治上最有權力的人。“康”是諡號。
2. 以勸：以，和。勸，聽從勸說。
3. 臨：對待。

串講

　　季康子問孔子，治理國家，如何才能使百姓對上尊敬、忠實並且聽從勸說？孔子回答他，你如果對待百姓的態度莊重，他們就會對你尊敬；你能做到孝順父母，慈愛幼小，百姓也就會對你忠實；而你如果能提拔好人，教育能力不行的人，那麼他們就自然地聽從你的勸說了。

評析

　　孔子是古代文化的集大成者，並且不遺餘力地倡導和推行理想的王道政治，因此當時的統治者常常向他請教一些為君原則或統治之術。這是他回答魯國權臣季康子的一條。我們可以看到，季康子想知道的就是如何讓老百姓忠心服從統治，而孔子所答大致可歸為三點：第一點是要合禮，莊重，這樣才有

1982 年美國祭孔場面

威儀。第二點是要有仁德。統治者有仁德，可以為民眾的榜樣，才能有感召力。第三點主要是要合義。不能聽任無能的人主政，更不能用不善的人主政。

魯哀公也曾向孔子問過怎樣做才能使民眾服從的問題，孔子當時回答道："提拔正直的人，使他居於不正直的人之上，民眾就服從了。"（見本篇）子夏對這句話的解釋接近第二點的意思，即提拔有仁德的人，那麼無仁德的人就呆不下去了。（《顏淵》）不過這句話也可以作為理解第三點的參考，因為它本質上也是一個公平正義的問題。在孔子看來，理想的社會體制是應該有尊卑貴賤上下等級之分的，但是這種差異和不平等應該合理，應該體現社會正義，否則民眾就不會心服。應該說，這是一條放之四海而皆準的社會學原則，在任何時代、任何社會都不會過時。

㉓　子張問："十世¹可知也？"子曰："殷因²於夏禮，所損益，可知也；周因於殷禮，所損益，可知也。其或³繼周者，雖百世，可知也。"

注釋

1. 世：朝代。
2. 因：因襲，繼承。
3. 或：或許，也許。

串講

　　子張問："今後十代的禮儀制度可以預知嗎？"孔子說："殷朝繼承了夏朝的禮儀制度，周朝繼承了殷朝的禮儀制度，它們廢除了什麼、增加了什麼，都是可以知道的。那麼將來也許有繼承周朝的王朝，即使是在一百代以後，它的禮儀制度也是可以依此類推而得知的。"

評析

　　在這段話裏，孔子對社會制度作出了自己的預言。在他看來，社會制度在歷史的發展中陳陳相因，會發生一些增補、修改、變異，但基本的原則是不會變的。這個基本原則是什麼他沒有說，但從他的學說裏可以推知，那就是合乎歷史理性的、不斷文明化的、以禮儀為基礎的、並且秉持一定價值信念的等級制度。因此他認為，即使沒有足夠的文獻資料作證，他也能根據已知的條件說出夏禮和殷禮的大致情況。（參閱《八佾》篇）鑒古可以知今，由此也可以推及未來，目前這個制度自然也不會一成不變，而這個變，只能是決定於歷史的合理性。有了這個基本原則，有了這個歷史合理性理念，就是千年之後，孔子相信，他也能想見那制度的基本形態。所以，常有人將孔子看作是個純粹的復古主義者，或者認為他只是以周朝的禮制為理想的社會體制，這是不準確的。因為事實上，在這裏，他已經預言了周朝的滅亡。繼周而起的是什麼朝代他不知道，但他知道一個社會制度必須依據什麼原理去建立。這是他的自信，也是他終身追求，並試圖使天下的統治者都能明白的大道理。

八佾第三

❶ 孔子謂季氏[1]，"八佾[2]舞於庭，是可忍[3]也，孰[4]不可忍也？"

❷ 三家[5]者以《雍》[6]徹[7]。子曰："'相維辟公，天子穆穆'[8]，奚[9]取於三家之堂[10]？"

注釋

1. 季氏：季孫氏，這裏指季平子，魯國的大夫。

2. 八佾（yì）：古代奏樂舞蹈的行列。佾：行，列。每佾八人，八佾共六十四人。周禮規定，天子用八佾，諸侯用六佾（四十八人），大夫用四佾（三十二人），士用二佾（十六人）。這樣，四佾才是季氏所應該用的。

3. 忍：容忍。

4. 孰：什麼。

5. 三家：指孟孫、叔孫、季孫，魯國的三家大夫，他們當時掌握了魯國的政權。

6. 《雍》：《詩經・周頌》的篇名，這是周天子祭祀宗廟後撤去祭品祭器時所唱的樂歌。

7. 徹：同"撤"，撤除。

8. 相維辟公，天子穆穆：《雍》詩中的兩句。相（xiàng）：助祭的人。維：無意義助詞。辟公：指諸侯。天子：指主祭的周天子。穆穆：態度莊嚴肅穆。

9. 奚：何。

10. 堂：祭祖的廟堂。

串講

　　季氏是大夫，只能用四佾奏樂舞蹈，可是他卻在庭院中用八佾奏樂舞蹈，超越了本分，所以孔子指責道："如果這件事可以容忍，那還有什麼事不可容忍呢？"

　　孟孫氏、叔孫氏、季孫氏三家大夫，他們祭祀祖先完畢之後用天子的禮節唱着《雍》詩撤去祭品。於是孔子譏笑他們的無知妄為，說道："《雍》詩上有這樣的話：'助祭的是諸侯，主祭的是莊嚴肅穆的天子。'這詩怎麼能用在三家大夫的廟堂上呢？"

評析

　　春秋時期，天下已經是一派禮崩樂壞的景象了。而且豈止是禮崩樂壞——王權下移，權臣執國命，也早已成為了當時普遍的政治現象。孔子在這裏說的這個季氏，就是當時魯國執掌國柄的大臣。他只是個大夫，卻居然僭用天子之禮，所以讓一心要重建禮制的孔子痛心疾首，忍無可忍。另外，仲孫、叔孫和季孫三家同樣也是以大夫身份而僭用天子之禮。表面地看，這似乎只是一種越禮求美的行為。因為不管怎麼說，他們都只是在音樂、樂舞上超越了規範而已，並沒有真的去造反。可是孔子似乎根本就不能容忍在任何審美追求上的越禮行為。

　　我們還可以舉出《論語》記載的兩件小事，以便更充分地感受一下孔子對越禮求美的憤慨。一是他曾對着一個在造型上有所變化的酒杯大發感慨道："觚不像個觚。這是觚嗎！這是觚嗎！"（《雍也》）一是他曾說："我憎惡紫色奪去了紅色的地位，憎惡鄭國音樂破壞了宮廷雅樂！"（《陽貨》）事實上，到孔子的時代，鄭國音樂早已風行天下，而紫色也已經流行了二百來年了，因此，我們完全可以將之看作是審美的豐富與發展——事情至於像孔子深惡痛絕的那樣嚴重嗎？

我想，孔子如此在意有兩個原因。一是他看到了審美越禮行為中的政治訴求。就像《雍》詩中歌唱的本是諸侯與天子，那麼三家權臣唱它是什麼用心呢？畢竟，如孔子所說，魯君遠離國家權力已經五代了，大夫執掌國家政權也已經四代，如果權臣們這樣唱，是有心採取行動爭奪天下的話，那天下就該大亂了。二是孔子非常反感世人沒有尊卑意識。他是主張對高貴者具有敬畏之心的。在他看來，大夫連天子都可以不放在眼裏，那麼他什麼事情做不出來呢？

孔子在這一點上是對的。如果我們從人文尊嚴的角度來理解孔子的觀念，我們就會明白，倘若一個社會完全沒有尊卑意識，或者尊卑顛倒，呈現的只能是一個無恥的社會。這樣的結果甚至還不僅僅是天下大亂——它直接的後果就會是一場浩劫。

> ❸ 子曰：“人而不仁，如禮何[1]？人而
> 不仁，如樂何？”

注釋

1. 如……何：以……去做。

串講

孔子說，一個人如果沒有仁德，那他怎麼去體現"禮"和"樂"的價值呢？

評析

禮自外作故曰文。禮作為一種政治制度，具有對人的行為進行外在限制的表現形態，因此難免有由統治者強加於人的感覺。實際上，周公建立禮制的初衷，也確實是想對各級貴族的權力和行為方式進行制度性制約。可是到了孔子的時代，舊的禮制已經作為社會生產力發展的一種束縛而被打破。孔子想重建禮制，就必須為它找到一個超越於權力專制之上的價值性理念，以便在一個更為文明的基礎上建立起它來。這就是所謂的禮的本質問題。孔子對這個問題的解答是：仁。

正因為仁德是禮制的根本，所以它不能只是依憑外在的規範來實現。即使是作為一種外在的規範，它也必須是仁德的體現，而不能是對仁德的歪曲或踐踏。不能體現仁德，再完備的禮，也只能是徒有其表；反過來說也一樣：只要體現了仁德，禮制本身是可以有所改變或權變的。比如在本篇的下一章裏林放向孔子問禮之本，孔子就這樣回答說：禮一般來說，與其奢侈，不如節儉；至於喪禮，則與其儀文完備，不如真悲哀。可見孔子認為，禮是以是否能體現仁德為其原則的。另一方面，正因為如此，禮與其說是一種外在束縛，不如說是一種賦予，一種基於人情人性和社會實際情況而確定的適當的文化形式。所以荀子說："禮者，貴賤有等，長幼有差，貧富輕重皆有稱者也。"又說："禮者，斷長續短，損有餘，益不足，達愛敬之文，而滋成行義之美者也。"（《荀子》之《富國》、《禮論》篇）說到底，再好的制度也是要靠人來運作的，孔子所設想的人治體制尤其如此。因此，在孔子的政治學說裏，要求和培養統治階層具備高尚的道德，永遠是核心的和第一位的問題。

⑭ 子曰："周監¹於二代²，鬱鬱³乎文⁴哉！吾從周。"

注釋

1. 監（jiàn）：同"鑒"，借鑒。
2. 二代：指夏、商兩代。
3. 鬱鬱：豐富、繁盛的樣子。
4. 文：指禮樂文化。

串講

孔子認為，周朝的禮樂制度是借鑒夏、商兩朝的制度建立起來的，十分完備且豐富多彩，所以他贊從周朝的制度。

評析

從字面上看，這句話表達了孔子崇尚周朝政治體制的思想，而這個政治體制的基本特點便是"鬱鬱乎文"——即具有鮮明的文化美感。這一點自然也不錯。周禮號稱禮經三百，威儀三千，先秦典籍中記載了不少周禮之完備遠勝於夏商兩代，以及孔子於商周不同禮制中贊同周制的材料。不過《禮記》中也記載了一則材料說："殷練而祔，周卒哭而祔，孔子善殷。"（《檀弓》下）可見孔子也是擇善而從。因而實際上，這句話可以看作是孔子對他的社會理想或文明理想一種提示，也可以看作是他對儒家禮制文化的一種高度概括。這一概括簡單地說就是，符合義理的、高度秩序化的社會等級制度，這一制度借助於高度形式化的文物昭明方式，顯現出人文繁盛、蔚然可觀的文明光彩。

那麼什麼是"文物昭明"方式呢？用《周禮》上的說法就是：上公九命為伯，其國家的都城、宮室、車旗、衣服、禮儀，都是以九數為節度；侯、伯七命，以七數為節度；子、男五命，以五數為節度。王的三公為八命，卿為六命，大夫為四命。諸如此類。（參閱《周禮・春官宗伯・典命》）這也就是所謂"衣服有制，宮室有度，人徒有數，喪祭械用皆有等宜，以是周挾於萬物，尺寸尋丈莫得不循乎制度數量然後行"。（《荀子・王霸》）這一方式對於辨別人們的社會身份與社會地位，規約人們的言行舉止，使不同階層的人們各自安分守己，共同構成一個和諧的、井然有序的社會整體，起到了重要的作用。所以荀子說這樣的禮文制度是"非絲非帛，文理成章。非日非月，為天下明"，（《荀子・賦》）也就是孔子所說的"鬱鬱乎文"。

今天來看，如此嚴格的文物昭明制度當然是過於壓抑和不自由了，但是它的基本原則也不是毫無合理性的。比如說，即使在現代社會，一個人的儀表、服飾等等，對於顯示他的社會身份與人文品質，不是依然不失為一個有參考價值的方式嗎？

⑰ 子貢欲去¹告朔²之餼³羊。子曰：
"賜也！爾愛⁴其羊，我愛其禮。"

注釋

1. 去：去掉，除去。
2. 告朔：古代的一種祭廟儀式。朔，農曆每月初一。每年秋冬之交，周天子把第二年的曆書頒發給諸侯，諸侯把曆書藏在祖廟裏。按照曆書的規定，每月初一，諸侯來到祖廟，殺一隻活羊祭廟，然後回到朝廷聽政，這就叫做"告朔"。
3. 餼（xì）羊：活羊。
4. 愛：愛惜，可惜。

串講

　　子貢要把每月初一行"告朔"之禮時要殺的那隻活羊去除不用。孔子說："賜呀，你可惜的是那隻羊，我珍惜的卻是這'告朔'之禮啊！"

評析

　　孔子雖然不是一個死板拘泥之人，但在文化觀念上，他基本上還是可以算作是一個形式論者。對於他來說，任何文化行為，能成為其人文本質的充分顯現固然好；可是如果其人文本質已經不那麼重要，已經不再為人們所在意了，那麼，在形式上保存這一文化行為，也比完全取消這一形式要好。"告朔餼羊"是周朝的一種禮制。每年秋冬之際，天子接受諸侯朝見，並把第二年的曆書頒發給他們，叫做“頒告朔”。諸侯回去後將曆書藏於祖廟之中。每逢初一，便殺一隻活羊祭於廟，然後上朝聽政。可當時的魯文公到初一時已經既不去祖廟，也不上朝聽政了，只是讓殺一隻羊虛應故事。子貢覺得人都不來，這羊也就不必殺了，這才引起了孔子的這一評說。一般地來看，我們可以將此看作是孔子重視禮制的表現，但它的意義卻不止此。當時孔子已經知道，無論是在當時，還是在繼周而起的社會中，要求人們一如既往地、隆重而虔誠地從事每一項禮儀活動，已經是不現實的了。因此，如果要使一種文化傳統得以保存下去，惟一可行的，就是使之形式化，甚至審美化，使之成為一種人們可以對其保持一定的心理距離，而不必表現為一種精神束縛的，具有審美意味的純形式化的操作過程。孔子曾談到過“射不主皮”的古禮：射箭作為一種禮儀活動，就只是以中不中為原則，而無須射穿靶子。他描述射禮的過程道：比試者相互作揖，然後登堂，射完箭後，再相互作揖，飲酒。孔子將其定義為所謂的“君子之爭”。（見本篇）我們可以看到，孔子所欣賞的也就是一種禮儀形式，以及在這種形式化的操作過程中所顯示出的某種文化意味與文化精神。

孔子的這一思想其實是非常重要的。所謂文化，說到底也就是一種生活方式、一種人文形式。沒有一定程度的形式化，所謂的文化精神，也就根本體現不出來。沒有聖誕樹與聖誕禮物，哪來的聖誕節文化？沒有精緻的茶道儀式，哪來的日本茶文化？相比較而言，現在中國人的年節，除了大吃大喝，幾乎任何形式化的活動都不再有了。那麼作為一種體現傳統人文精神的民族文化，它實際上不也就已經消亡了嗎？

⑲ 定公[1]問：“君使臣，臣事君，如之何？”孔子對曰：“君使臣以禮，臣事君以忠。”

注釋

1. 定公：姓姬，名宋。魯國的國君。

串講

魯定公問孔子：“君使用臣，臣侍奉君，各自應該怎樣做呢？”孔子回答說：“君應該依據禮使用臣，而臣則以忠誠侍奉君。”

評析

君臣關係為倫常之首，可說是古代禮制社會最為看重的社會關係了。什麼樣的君臣關係才是最為理想的君臣關係，這個問題其實不同的君臣往往會有不同的答案。可是基本原則大概總不離孔子的這兩句話，其中包含着豐富的內涵和潛話語，顯示了孔子的政治智慧。

首先，君主必須按照禮制的要求來使用臣屬，這既是尊重君權的體現，也是對君權的嚴格制約。君主因禮制的尊崇而具有至高無上的威儀，但是他並不能為所欲為，並不具有超越禮制的絕對權力。這一點如果能做到，那麼，一個君主即使德性很差，他也無法做一個徹底的壞君主。因為禮制的限制會使他的不良意願受到束縛，並無法表達與貫徹，從而保證了將他可能的破壞性降到最低的程度。

其次，要求君主行為合禮，實質上也就是要求君主必須是個有德之人。無德之君本身就會形成對禮制的抵制與破壞，因此只有德行完備之君，才能真正做到完全按照禮制的要求來對待臣屬。

然後，在這樣的前提下，臣下也必須以一片忠誠之心來服侍君主。而這實際上也就是說，臣下對君主之忠，也就是對禮制之忠，因而也就是對國家之忠、對天下之忠。

那麼，如果君主不以符合禮制的方式來對待和使用臣下，該怎麼辦呢？孔子沒說，但他的話外音很明顯：如果君不君，則臣不臣。臣下也就不可能、甚至沒必要對君主效忠了。在孔子的政治思想中，制度顯然高於一切。在制度之下，具體到君主而言，則遵從制度的君德高於一切。制度運作的正確性有了保障，國家、社會、天下和文明就都有了保障。孔子的這一思想，至今不是依然能夠發人深省嗎？

㉔　儀[1]封人[2]請見，曰："君子之至於斯[3]也，吾未嘗不得見也。"從者見之。出曰："二三子[4]何患[5]於喪[6]乎？天下之無道也久矣，天將以夫子為木鐸[7]。"

注釋

1. 儀：衛國的地名。
2. 封人：鎮守邊界的長官。
3. 斯：這裏。
4. 二三子：諸位，幾個人，指跟隨孔子的幾個學生。
5. 患：憂慮，操心。
6. 喪：喪失，這裏指沒有官職。
7. 木鐸：以木為舌的銅鈴，古代宣佈政教法令時搖它來召集聽眾。這裏用木鐸來比喻孔子是宣揚政教的聖人。

串講

　　凡是到儀地來的有道德的君子，儀地的邊防官都能會見（這個人大概是個隱於下位的賢人）。孔子經過儀地，這個邊防官也請求會見。孔子隨行的學生帶他去見了孔子。他辭出以後，對孔子的學生們說：“你們何必操心沒有官做呢？天下黑暗的日子已經很久了，上天將把你們的老師作為為天下傳播賢明政教的聖人啊！”

評析

　　周朝進入春秋時期，天下已經大亂。傳統的文化積累遭到毀棄和破壞，普遍認同的價值理念不再有任何意義，曾有的人文信仰幾近崩潰，連表面上的形式都難以維持，純實用主義的功利意識成為主導當時社會行為的人文精神……這就是所謂的“天下無道”。孔子就是在這樣一個時代出現，並通過自己的努力逐漸成為了那個時代的惟一的救世者和精神導師。這一章中的這個小官吏，說出的正是當時人們對孔子的認識和期許。但是孔子樹起了救世之旗，敲響了救世之鐘，卻空有救世之心與救世之學，而未能在生前實踐自己的救世之願。當時，天下大勢未定，歷史正處於罕見的人文突變時期，世局日新。而不經過長期的社會動盪、成分轉化和重新組合，這一人文突變不可能完成。因此，儘管孔子生前即已被整個貴族社會看作是聖人，看作是傳統文化精義的繼承者和集大成者，看作是重構了中華人文信仰和社會理想的先知和佈道者，他和他的學說卻未能在他生前即為天下人所信奉。

但是，天不生仲尼，萬古長如夜。孔子所倡導的人文信仰和信念，還是照亮了後來中華帝國的兩千多年歷史。就此而言，儀地的這個小官吏，也還算得上是個先知先覺者呢。

㉕　子謂《韶》[1]，"盡美矣，又盡善也。"謂《武》[2]，"盡美矣，未盡善也。"

注釋

1.《韶》：傳說是舜時的樂曲名。
2.《武》：傳說是周武王時的樂曲名。

串講

孔子認為《韶》樂美極了，而且非常完善；而《武》樂雖然同樣美極了，但是卻不夠完善。

評析

　　孔子是個相當專業的音樂家,他甚至曾經向魯國的太師——也就是魯國宮廷的首席音樂家——講述音樂演奏的道理(見本篇)。《史記·孔子世家》裏則記載了一則孔子向師襄子學琴曲的故事,說孔子學到最後,居然從樂曲中體會出音樂所描繪的是周文王的聖王形象,以至於師襄子反而離席向孔子下拜道:"先生說的正是,這支曲子就叫《文王操》啊!"但是同時,孔子也不是一個一般的音樂家——他是個偉大的音樂思想家和音樂哲學家,而這正是他遠高出於那些宮廷音樂家的地方。因此一般來說,他不從專業知識的角度來判斷音樂,而總是試圖從音樂中聽出相應的道德價值和思想境界來。這個方法,有點類似於前面介紹過的他對詩歌的解讀方式,是將音樂文本政治敘事化和意識形態敘事化。比如他評價《關雎》時就是這樣說的:"樂而不淫,哀而不傷。"是說音樂雖然美而感人,但精神和正,正合中庸之道(見本篇)。這裏對《韶》、《武》的評價也是如此。孔子第一次聽到《韶》樂是在齊國,聽了後據說三月不知肉味,可見其為之感動的程度。他在這裏拿《韶》樂與《武》樂進行比較,雖然沒說出為什麼《武》樂未臻完善,但我們從他的音樂觀中可以想見:《韶》樂是舜的音樂,舜以聖德受堯之禪讓而得天下;《武》是周武王的音樂,武王卻是通過武力奪取的天下——雖然是義戰,但畢竟是反天子,於德上終究有點損害。

　　孔子的音樂觀是儒家音樂美學的核心,是儒家音樂審美的基本原則和方法論,《樂記》將它歸結為"聲音之道與政通",所謂"審聲以知音,審音以知樂,審樂以知政,治道備矣"。今天來看,則未免有點危言聳聽了。

里仁第四

① 子曰："里¹仁為美。擇不處²仁，焉得知³？"

② 子曰："不仁者不可以久處約⁴，不可以長處樂。仁者安仁，知者利仁。"

③ 子曰："唯仁者能好⁵人，能惡⁶人。"

注釋

1. 里：動詞，居住。
2. 處：居住。
3. 知：同"智"。
4. 約：窮困。
5. 好（hào）：喜好。
6. 惡（wù）：討厭，憎恨。

串講

　　孔子認為居住在有仁人的地方才好。選擇住處，不居住在緊鄰仁人的地方，就談不上明智了。

　　孔子說："沒有仁德的人不能長期處於窮困之中，也不能長期處於安樂之中。有仁德的人固守仁德而長期安心於實行仁，聰明人能認識到仁對他有長遠利益而實行仁。"

　　在孔子看來，只有有仁德的人，才能夠依據正確的原則去喜愛某人，厭惡某人。

評析

《論語》一書中，談仁的地方不少，因為仁是孔子學說的基礎。但是仁無論是作為一種人格境界，或者作為一種道德理念，它的具體內涵究竟是什麼，有哪些，孔子並沒有說得很清楚。有時候，仁在孔子的表述中會顯得高不可及；有時候，又似乎在現實生活中隨處可見。因此，後學者往往只能根據孔子在不同的情況下對仁的不同表述，來反覆感受和體會他關於仁的思想，以便從不同的角度和層面接近對仁的認知。

這裏的三章所談的是具有仁德的人，可以幫助我們側面地瞭解孔子關於仁的思想。有仁德的人以擁有仁德為自己的人生目的，因此意志堅定，一心向仁，不以物喜，不以己悲，窮達都不關乎心。顯然，這樣的人因為精神上的自足而具備完滿的定力。不仁的人就不行了。他們因為缺乏內心原則和精神支柱，無論是久處窮困還是久處安樂，他們的意志都會或消沉或墮落。另一方面，有仁德的人的人格原則性也體現在他們的人際關係上。君子群而不黨，一個有仁德的人是既不會喜歡所有的人，也不會被所有的人喜歡的。有一次，子貢問孔子，一個人，村裏人都喜歡他，怎麼樣？孔子說，不行。子貢說，那村裏人都厭惡他呢？孔子說，也不行。最好是村裏的善良人都喜歡他，不善良的人都厭惡他。（《子路》）這就是仁人的道德原則性所必然帶來的結果。

因此，孔子告誡人們，選擇住處的時候，最好能和有仁德的人做鄰居。據說孟子小時候住在墓園旁，他便跟着人家學喪葬的遊戲。他母親見後，便將家搬到了個市場邊上。可他又跟着人家學做買賣的遊戲。他母親只好再次搬家。這次是搬到了一所學校旁邊，孩子們玩的遊戲都是模仿各種禮儀活動，他母親才放下心來。（參閱《列女傳·母儀》）可惜的是，現代社會裏，可不是一個人想搬到哪裏住，就可以搬到哪裏去住的了。

比較有意思的是智者利仁的思想。這裏的利，可不是將仁德作為謀利的策略、獲利的工具、通過種種陰謀和陽謀以達到自己的功利性目的的意思——這樣的人現實中並不少見——而是說聰明人知道是非好歹，知道在各種情況下做正確的事，知道不為小利所動，不做虧心之事，知道只有這樣，他的長遠利益才會有保障，他的人生才會擁有真正的快活和幸福。這樣的人，其實離仁德也不太遠了吧？

⑤ 子曰："富與貴，是人之所欲也；不以其道得之，不處也。貧與賤，是人之惡也；不以其道得之，不去也。君子去仁，惡乎¹成名？君子無終食²之間違³仁，造次⁴必於⁵是，顛沛必於是。"

注釋

1. 惡（wū）乎：哪裏。惡：同"烏"，何。
2. 終食：吃完一頓飯。
3. 違：離開。
4. 造次：匆忙，倉促。

5. 於：為，這裏指實行。

串講

　　孔子認為，金錢和地位，是人人所嚮往的，但是如果不是用正當的方法去得到，君子就不會幹；貧窮和低賤，是人人都厭惡的，但是如果不是用正當的方法去擺脫，君子也不會幹。君子如果拋棄了仁德，怎麼能成就榮譽呢？君子每時每刻都是不離開仁德的，即使是在匆忙緊迫或顛沛流離的情況下，也一定要實行仁德。

評析

　　《里仁》篇集中了一些孔子談仁的言論，這一章所談到的仁就給人以高不可及的感覺。這已經不是仁者安仁的境界，而是用自己的生命來守護仁、確證仁的境界。

　　首先，孔子的話是有針對性的。春秋時，天下久已失範，狗苟蠅營之徒比比皆是，追名逐利之輩如過江之鯽，所謂“天下熙熙，皆為利來；天下攘攘，皆為利往”，只要能擺脫貧窮，就可以不擇手段。孔子對此是大不以為然的。他曾說：“不義而富且貴，於我如浮雲。”（《述而》）據說他曾拒絕齊景公贈送給他以為贍養之需的廩丘，就因為齊景公不接受他的學說，卻讓他無功受祿。他不屑地對自己的弟子說：齊景公未免太小看他孔丘了。（《說苑·立節》）不過，孔子的主要思想還是要求人們的一切動機和行為都應該符合道義，而不是要對富貴本身進行道德否定。孔子自己就曾表示過，富貴只要取之以道，就是做一個市場看門人他也是願意幹的。（《述而》）

但是接下來的話幾乎就是要求以仁德為生命了。君子終其一生，須臾不可離仁，要做到確實是太難了。可是在那個社會劇烈變化的年代，真正的君子還真就是這樣去做的。以孔子的弟子們為例，曾子臨終前，幾乎已處於半昏迷狀態，但當意識到自己身下墊的蓆子不合禮制時，居然堅決要求更換，結果在換蓆子的過程中死去。（《禮記·檀弓上》）衛出公十二年，太子劫持了大夫孔悝造反。當時子路為孔悝邑宰，前往制止。太子派了兩個大力士用戈博殺子路。子路負重傷倒地時帽子掉了。子路說：「君子死也不能去掉帽子。」勉力將帽子戴上繫好，才從容死去。孔子深知子路為人，聽說衛國動亂的消息後，長歎道：「可歎啊，路由一定死了。」（《史記·仲尼弟子列傳》）

現代人大概要覺得這樣做未免有點迂了，但是在先秦君子們的人生價值理念裏，對仁的追求是終其一生的事業，與其苟且，不如殺身成仁。細細想來，迂固然不必，但如果民族文化中再也找不到一絲一毫這種精神的痕跡，不是也挺可悲的嗎？

⑧ 子曰：「朝聞道[1]，夕死可矣！」

⑨ 子曰：「士志於道，而恥惡衣惡食者，未足與議也。」

注釋

1. 道：道理，指最根本的真理。

串講

孔子說："早晨聽到了根本的真理，就是當天晚上死掉都行。"

孔子認為，一個有心追求真理，卻又以穿破舊衣服、吃粗劣飯食為恥辱的士人，是根本不值得與他論學的。

評析

孔子在這裏表達了追求道、追求信仰、追求最高的、終極的價值依據，所應該具有的一種類似於宗教情懷的獻身精神。孔子是有心為中華文化重建人文信仰的立教者、救世者和佈道者，就此而言，他有時是孤獨的，甚至是絕望的。因為作為一個意識形態信念的終極關懷者，他不得不面對這樣的困惑：如果他的學說確實已經達到了最高真理和絕對價值——即他所謂的道——為什麼天下人不欣然信奉它並全力施行它呢？而如果不是人們不願意信奉，而是因為他還未能將最終的普遍性原理提供給天下人，那麼這個"道"、這個終極的答案和精神歸宿在哪裏呢？在這裏，我們看到了一個偉大哲人的精神痛苦、精神境界和精神超越性，看到了他對信仰、對足以為之獻身的普遍真理的渴望心情，當然也看到了他鍥而不捨追求信仰和真理的堅定意志。有了這樣的精神，有了這樣的信念和意志，孔子對於那些口頭上說要追求道，卻又還在意物質生活的人，表示出極大的蔑視，就是不足為怪的了。

❿ 子曰："君子之於天下也，無適[1]也，無莫[2]也，義[3]之與比[4]。"

注釋

1. 適：適應，依從。
2. 莫：不肯。
3. 義：適宜，合理。
4. 比：挨近，靠攏。

串講

孔子認為，君子對於天下的事情，不能太死板，沒有什麼非這樣做不可的，也沒有什麼絕對不能做的，而要根據實際情況，怎麼做合理就怎麼做。

評析

這一句話很重要，表達了孔子的合理性思想。孔子是個為天下立法的聖人，原則性不可謂不強，但正因為他原則明確，立足本質，所以反能通權達變，不拘一格，一切從實際出發，視具體情況而定，有所謂無必無固，無可無不可之說，因此一般人只是將這段話理解為孔子權變思想的一次表達。但實際上這段話中更深刻的含義是孔子對合理性的重視。天下者，社會、政治、制度、歷史也，這一切作為現實對象和存在現象，都不存在可以全盤肯定或全盤否定的性質與意義，那麼如何去確定對待某一現實的正確判斷呢？惟一的標準就是合理性，就是社會的、政治的、制度的、尤其是歷史的合理性。我們不難理解，合理性本身就是個歷史概念，根本不存在一成不變的合理性。而只要堅持合理性原則，那麼在任何社會，任何歷史階段，我們最終都可以找到如何對現實作出評判的正確答案。

⑪　子曰："君子懷¹德，小人懷土；君子懷刑²，小人懷惠³。"

⑯　子曰："君子喻⁴於義，小人喻於利。"

注釋

1. 懷：只想着。
2. 刑：古代的法律制度。
3. 惠：受到的好處，恩惠。
4. 喻：懂得，明白。

串講

孔子說："君子考慮的是道德，而小人卻一心只想着住地；君子關心於法度，而小人卻只計較得到多少好處。"

孔子認為，君子明了道義事理，而小人只知道算計利益。

評析

　　在這裏，孔子再一次將君子和小人對舉，以說明他的道德理念和人格原則。它的基本含義就是，君子注重道德、規則和道義，而小人則只注重現實得失。孔子沒有說過，他理想中的社會是不是個全由君子組成的社會，或者說，在他的社會理念中，被統治者、廣大民眾，是不是就是當然的小人。但是我們可以感覺得到，孔子這樣說，一方面是要求他寄託了行道希望的君子們能時刻提高警惕，不能有絲毫鬆懈，一心修德向道，要盡一切努力克服自己人性中的弱點，提升自己的精神境界，以免向現實生活中的種種誘惑屈服；另一方面則也是要提醒一般老百姓，只有現實功利心而沒有任何精神追求和價值信念的人是令人鄙視的，是沒有尊嚴可言的。

　　孔子曾經對子夏說過：你要做君子儒，不要做小人儒。（《雍也》）可見孔子是將小人作為一種道德形態或人格狀態來使用的。在文化統治階層和上流社會中，同樣會有小人。而且很有意思的是，在孔子的多次表述中，這種小人人格似乎正好是君子人格的反面，因而給人這樣一種印象：如果一個人不選擇做君子，那就必然墮落為小人。這大概也正是孔子督促弟子們加強道德修養的良苦用心。為了更充分地瞭解孔子有關君子小人的思想，我們不妨將《論語》中其他將君子小人對舉而論的言論選擇一些，轉述如下：

　　君子和調互補而不是盲目一致，小人盲目一致而不是和調互補。

　　君子容易共事而難以取悅。不用正當的方式令他喜歡，他不會喜歡；可等到他用人時，卻能量才為用。小人容易取悅而難以共事。雖然用不正當的方式令他喜歡，他會喜歡；可等到他用人時，卻會求全責備。

君子從容安泰卻不驕傲，小人盛氣凌人卻不從容安泰。（上引均《子路》篇）

君子一心向上追求仁義之道，小人一味向下追求苟且之行。（《憲問》）

君子窮而彌堅，小人窮斯濫矣。

君子求自己，小人求別人。

君子不能從小事上瞭解他而可以接受重大任務，小人不能接受重大任務而可以從小事上看透他。（上引均《衛靈公》篇）

君子與小人的本質差別在羞恥心、尊嚴意識與文明教養的有無。孔子極為厭惡小人，是因為在一個沒有信仰、沒有信念、沒有教養、沒有羞恥心和尊嚴意識的社會，小人文化特別容易氾濫成災。小人喻於利，他們只會以個人的利害得失作為行為取捨的標準，而這樣的行為理念和生存方式成為了全社會的共識的話，任何文明理念都將被腐蝕、被瓦解。

⓯ 子曰：“參乎！吾道一以貫[1]之。”曾子曰：“唯[2]。”子出，門人[3]問曰：“何謂也？”曾子曰：“夫子之道，忠[4]恕[5]而已矣。”

注釋

1. 貫：貫穿，貫通。
2. 唯：是的。
3. 門人：門生，指孔子的學生。
4. 忠：忠心、忠誠。
5. 恕：寬厚、寬容。

串講

孔子對曾參說："曾參啊，我的學說可以用一個基本的原則貫穿起來。"曾子說："是的。"等孔子出去以後，別的學生就問曾子，老師說的是什麼意思，曾子回答："老師的學說，就是'忠恕'二字罷了。"

評析

孔子學說的核心是仁，仁的核心是什麼呢？有人說就是曾子說的"忠恕"二字。是不是這樣，還不好斷然下結論，但這兩個概念在孔子的道德理念中確實佔有非常重要的地位。關於這兩個概念，朱熹有個解釋，說是"盡己之謂忠，推己之謂恕"。(《集注》)子貢曾問孔子：有一句話可以終身按着去做的嗎？孔子回答道：那就是恕了吧。自己不想要的，就不要施與別人（己所不欲，勿施於人）。(《衛靈公篇》)有人以此類推，以同樣是孔子的話"己欲立而立人，己欲達而達人"(《雍也》)來解釋忠，這大概也就是朱熹所謂"盡己"的意思。

那麼，"忠恕"作為道德原則，在方法論上都是通過推己及人來實現的，這當然有它仁善的一面。但是作為一種道德原則，它在方法論上也是有缺陷的。因為它的前提是"己"之"欲"或"不欲"都必須具有正面價值和意義，否則的話，己之欲或不欲都是極端的惡，那也能以此去施於人或要求於人嗎？因此，《中庸》中說"忠恕違道不遠"，程子說，曾子這樣對門人解釋孔子之道，不過是"下學上達"的意思，都對忠恕的道德境界有所保留。這應該是不錯的。可惜的是，中國人似乎更願意接受推己及人的原則。而且下學而未能上達，只是一味地認為自己喜歡的別人也就一定喜歡，或者別人也必須喜歡，必須認可，必須接受，而全然不顧別人的想法和需要。更可惡的是，自己不想好好活時，也就不將好好活的機會"施於人"了。不用說，這就沒有任何道德可言了。前者形同無賴，後者則是惡棍。

所以，應該對忠恕有更深入的理解。

"忠"可以是基於自己的立場，但它的前提是良知與高尚信念。一己之慾是不可信的，也是不能作為道德依據和價值依據的。因此，必須通過學習和教養將良知與高尚信念在自己的內心深處建立起來，這樣自己的行為才會有仁善的可靠依據。

"恕"則必須是基於別人的立場。首先是必須尊重別人的權利。一個人即使是出於良好的願望做一件事，或者是自認為在做一件正常的事，但只要構成了對別人權利的侵犯，那就不再有任何良好與正常可言，而必須停止。如果依舊按照孔子說話的模式來表述，那麼"人所不欲，勿施於人"，庶幾近之。其次是應該盡可能客觀地看待別人的人生選擇和生活方式，而不要根據自己的喜好輕易地對之進行價值判斷。再次則是，應該對人具有同情與理解之心，應該寬容待人。有些事情，站在自己的角度可能很難想通，但如果能設身處地地站在別人的立場上想一想，也許就能夠理解和寬容相待了。

能做到這樣的"忠恕"的人，才能在今天的世界上算一個有道德、有教養的人吧？

㉔　子曰："君子欲訥[1]於言而敏於行。"

注釋

1. 訥（nè）：語言遲鈍。這裏指說話謹慎。

串講

孔子認為，君子應該說話謹慎而勤敏地修行做事。

評析

孔子重行，重實踐，重一個人的實際所為，而討厭只知道逞口舌之能的人，因此他多次表達過同樣的意思。一般來說，要求一個人做事情勤快利索可以理解，可為什麼一定要在言語表達上遲鈍木訥呢？孔子說："古時候人們輕易不說話，就是怕說了又做不到。"（見本篇）可見，孔子言下之意，亦有愛惜自己形象的意思。做一個人，就該說話算數，就該言行一致。與其說得到做不到，不如少說和不說。否則不光說的話別人會不以為然，而且做人也沒有尊嚴。羞恥之心，尊嚴之心，是普通人都必須具備的基本意識，何況君子呢？

孔子曾說過：“始吾於人也，聽其言而信其行；今吾於人也，聽其言而觀其行。”這是辯口利舌的宰予帶給他的教訓。(《公冶長》)與之相反的則是顏回。孔子和他說一天話，他一句表示疑惑或辯難的話也沒有，像個傻子。事後觀察他的行動，卻能發揚孔子所講的道理，是孔子弟子中一生躬行仁德，修行最高的人。（《為政》）儒家道德學說中的一條重要原則“知行合一”，與孔子的這一思想是相關的。

公冶長第五

7 子曰："道不行，乘桴[1]浮於海。從我者，其由[2]與？"子路聞之喜。子曰："由也好勇過我，無所取材[3]。"

注釋

1. 桴（fú）：渡河用的小筏子。
2. 由：指子路，孔子弟子，姓仲，名由，字子路。
3. 材：一解為同"哉"，一解為材料。

串講

孔子說："我的政治主張在這裏沒法實行，只好坐上一隻小木筏子到海外去。跟從我的，大概只有仲由吧？"子路聽了高興得很。孔子就說："仲由這個人呀，好勇的精神超過了我，這可沒什麼可取之處。"

評析

子路是孔子最著名的弟子之一，是孔子弟子中最有性格、為人最為坦盪赤誠的一個人。他多次在孔子面前直言不諱地發表自己的不同意見，有時甚至嗆得孔子無言以對，因此常受到孔子的嚴詞批評和斥責。但是孔子也多次給予了子路非常高的評價。可以說除了顏回，孔子再也沒有給過其他任何弟子如此多的好評。我們可以在這兒再舉兩個例子。

一次是孔子感歎說：穿着破舊的絲棉袍子，與穿着裘皮大衣的人站在一起，而不覺得羞辱的，恐怕只有仲由吧？正像

《詩經》上說的：不嫉妒、不貪求，為什麼不會好？子路聽了後，便一直念着這兩句詩。孔子又說他道：就這個樣子，又怎麼好得起來？（《子罕》）還有一次孔子這樣評價子路道：只根據一方面的訴詞就可以判決案件的人，大概只有仲由吧！（《顏

仲由

淵》)由此可見子路在孔子心目中的地位，而子路也可說當之無愧。

子路人格之高貴，尤在盡忠死義。這一點，孔子是深知的，因此才有這一歎。而子路之心，如同赤子，聽了老師如此獨一無二的期許，自然是喜不自禁。孔子惟恐他忘乎所以，因此又轉而指責他，故意過甚其辭地說他沒有什麼可取之處，而內心深處的喜愛，依然溢於言表。千載之下，想見當時師生心心相印的情景，依然不由人不為之動容。

但本章最重要的話還是所謂“道不行，乘桴浮於海”之說。前人曾以孔子還說過想住到九夷去的話相映證（《子罕》），認為孔子有東方情結。據說東方風俗仁厚，為君子之國，因此孔子有心去那裏推行自己的學說。但這種解釋恐怕還是有點牽強，是有意諱言孔子有歸隱之心。其實中國自古有隱士文化傳統，而且隱士都是些德行超邁的高人，孔子對他們是非常敬佩的，這在《論語》一書中即可看到許多例證。另外，就孔子一貫的思想而言，他也並非只是個知其不可為而強為之

的一根筋主義者。因為他也多次表示過，"無道則隱"是道德高尚之士的正確選擇。當時的社會，正是個王道全面瓦解的社會，孔子雖有救世之心，並且不斷地在尋找機會和進行嘗試，但結果往往是失望。失望多了，難免有沮喪和絕望之感。一時發為感歎，自然是可以理解的。

因此，這樣的感歎，其實也正是獻身信仰者不肯放棄的心理寫照之一。

⑯　子謂¹子產²，"有君子之道四焉：其行己也恭，其事上也敬，其養民也惠，其使民也義。"

注釋

1. 謂：談論，評論。
2. 子產：姓公孫，名僑，字子產。鄭國的賢相，是一位傑出的政治家和外交家。

串講

孔子認為子產的四種行為合乎君子之道：他自己的行為莊重謙恭；他事奉君主敬重謹慎；他撫育人民有恩惠；他役使人民又合乎道理。

評析

　　春秋時，鄭國子產是略先於孔子時代的著名政治家之一。孔子曾多次提到他，讚許有加。這一章是孔子對於子產作為一個優秀政治家的總結性評價，事實上也表達了他對於統治者應該具備什麼樣的理想政治人格的要求。

　　首先是臨政要有禮儀。子產是鄭國的執政官，一人之下，萬人之上。行為合乎禮儀，才能既對自己有所制約，又能使執政者的威儀得到充分顯現。其次是對君主要忠心。這是為臣的大節，自然馬虎不得。然後是要關心和關照民眾的生存與生活。這正是封建政治人格中的仁德問題。仁者愛人。在封建等級制社會中，仁是由上而施愛於下的一種統治者道德。居上位者不仁愛，居下位者則不忠敬，整個政治體制建構就要出問題。最後是要合理地役使人民。我們已經談到過，公正及合理性是不平等的社會體制得以建立和維持的基本前提。役使人民，正是這一體制的具體運作之一。因此，能公正而合理地役使人民，正是政治家政治智慧的高度表現。

　　需要補充一點的是，子產作為一個傑出的政治家，他還有一個過人之處孔子在這裏沒有談到。據《左傳》襄公三十一年記載，鄭國人閒聚於鄉校裏，議論執政的得失。一個大臣知道後，向子產提議拆毀鄉校。子產說：為什麼要那樣做？人們無非是閒暇時在那裏遊玩，順便議論一下執政的是非。他們贊同的，我就推行；他們不贊同的，我就改正。這等於是我的老師呀。為什麼要拆毀它呢？我聽說過應一心向善以減少怨恨，沒聽說過靠濫施淫威來阻止怨恨。你這樣做自然可以立即制止議論，但這就像堵住了河水一樣。等到決了大口子，必然傷及很多人，到那時我就來不及補救了。因此不如開個小口子引導河水，就是說，不如讓我聽到這些議論而及時改正的好。這位大臣聽了後心服口服，道：小人實在沒有才德。如果真是照您說的這樣做，鄭國政治也就有了保障了，豈只是有利於二三位大臣呢！孔子聽說了這場對話之後，感歎道：從這件事來看，有人說子產不仁，我才不相信呢。

不知道孔子為什麼要將這件事評價為仁，因為這實在是子產之智，是子產作為一個傑出政治家的政治智慧之所在。如果後起的政治家都能像子產那樣，明智地保護民眾議政的權利，並且在鄉校的基礎上建立起永久性的民眾議政機制，中國的政治史就該重寫了吧？

不過子產也確實太超前了，以至於孔子也只是把他的舉措當成了一種施恩，因為直至今天，中國的政治也還沒達到如此開明的地步呢。

㉖　顏淵[1]季路[2]侍[3]。子曰："盍[4]各言爾志？"子路曰："願車馬衣輕裘[5]與朋友共，敝[6]之而無憾。"顏淵曰："願無伐善[7]，無施勞[8]。"子路曰："願聞子之志。"子曰："老者安[9]之，朋友信之，少者懷之。"

注釋

1. 顏淵：姓顏，名回，字子淵，又叫顏淵，是孔子最得意的弟子。
2. 季路：即子路。
3. 侍：地位低的人陪伴在長者的身旁。
4. 盍：何不。
5. 裘：皮衣。"裘"字前的"輕"是後人誤加的，應刪去。
6. 敝：破，壞。
7. 伐善：誇耀自己的長處。
8. 施勞：表白自己的功勞。
9. 安：安逸。

串講

　　顏淵和子路侍奉在老師的旁邊，孔子想聽聽他們各自的志願。子路的志願是：願意拿出自己的車馬、衣服、皮襖與朋友們共享，就是用壞了也不抱怨。顏淵的志願是：不誇耀自己的長處，也不表白自己的功勞。他們反過來問老師的志願，孔子說："我願使老年人得到安逸，使朋友們互相信任，使年輕人得到關懷。"

評析

　　孔子常和弟子們討論各自的志願與想法，以瞭解他們的心思和修為。當然，每次討論的角度不一樣，這裏討論的是個人的道德追求。子路重義，有俠士之風，因此重友情，追求有福同享、有難同當的交友境界。這一回答表現了子路的豪爽性格，也符合孔子的交友之道，雖然在道德修為上還有所不及。顏回的回答則顯示出他謙和而又自信的性格。他有進取之心，但以做好事情本身為目的，而不將它作為自己贏得虛名實利的方式和手段，這當然也是非常難能可貴的了。孔子的夫子自道，則充分顯示出一個以天下為己任、欲以大道推於天下的救世者的博大襟懷。有人曾經這樣問過孔子：你為什麼不從政呢？孔子回答說：《尚書》上說了，"孝乎惟孝，友於兄弟，施於有政"。這也就是參與政治了，為什麼只有從政才是參與政治呢？（《為政》）這是孔子對《尚書》中的話進行斷章取義的引申。他想表達的意思是說，通過自己的道德建樹或道德立法，對政治施加有益的影響，從而起到意識形態督政與監政的作用。而更深刻的話外音則在於，孔子自任為這個社會的立法者與立教者，雖然在野不在政，當政者卻應該信奉他的學說，並聽從他的指引和教導。我們引出孔子的這個回答，是因為孔子在這一章裏表達的心願，與他對從政的回答實有相通之處。孔子立足點在德，着眼點則在道。他是希望自己成為一個傳播大道的聖人，為天下人建立起社會、人生的價值信念與永恆目的，並為天下人所信奉和追隨。

　　而我們所知道的是，孔子確實做到了。他確實是個聖人。

雍也第六

❷ 仲弓[1]問子桑伯子[2]。子曰："可也簡[3]。"仲弓曰："居[4]敬而行簡，以臨[5]其民，不亦不可乎？居簡而行簡，無乃[6]大[7]簡乎？"子曰："雍之言然。"

注釋

1. 仲弓：姓冉，名雍，字仲弓，孔子弟子。
2. 子桑伯子：其人不詳。
3. 簡：簡約，不煩瑣。
4. 居：守着，保持着。
5. 臨：面臨，這裏是治理的意思。
6. 無乃：豈不是。
7. 大：同"太"。

串講

　　仲弓問孔子，子桑伯子這個人怎麼樣。孔子說他還可以，辦事較簡約。仲弓說："如果始終保持着對禮制的敬重認真的態度，辦起事來較簡約不煩瑣，用這種辦法來治理百姓，這是可以的；但是，如果無論做什麼都一律簡單了事，這豈不是太簡單了嗎？"孔子肯定了他的見解。

評析

　　這段話牽涉到孔子對簡要之德的態度。一般來說，孔子並不排斥簡樸或簡易的追求。讓他自己在繁簡之間作出選擇的話，如果沒有性質上的區別，他一般也會贊同簡。比如對於禮儀他就說過：與其奢侈，寧可儉約。（《八佾》）但是如果一味求簡，以至於表現出明顯的反文化傾向——即使是基於良善的本質——卻也是他所不能接受的。《說苑·修文》上有一則故事，可以看作是這一段對話的注解。

故事說，孔子去見了子桑伯子，子桑伯子不穿衣、不戴帽子坐在那裏。孔子弟子說：先生為什麼要去見這樣的人呢？孔子說：這個人本質很好卻沒有禮文修養，我想說服他講究點禮儀文明。《說苑》上說子桑伯子是"欲同人道於牛馬"，可見他有強烈的反文化思想。這樣的簡，雖然表現為不與世俗的虛榮和財富追求同流合污，但在孔子看來也已經走向粗樸野蠻了。而這與孔子的王道之化和禮文之治的文明社會理想是背道而馳的。

冉雍是孔子的大弟子之一，出身微賤。孔子說他"可使南面"，就是說他是當官的料。（見本篇）有人對孔子說，冉雍這個人有仁德卻沒有口才。孔子說：幹嘛要有口才？強嘴利舌和人爭辯，只是不斷地惹人討厭罷了。冉雍倒未必有仁德——幹嘛要有口才？（《公冶長》）還有一次孔子談到冉雍時說：耕牛的兒子長着紅色的毛和完美的角，你就是想不用它作犧牲，山川之神難道會捨棄它嗎？意思是冉雍的微賤出身並不妨礙他是一個棟樑之材。（見本篇）

❸ 哀公[1]問：“弟子孰為好學？”孔子對曰：“有顏回者好學，不遷[2]怒，不貳[3]過。不幸短命[4]死矣，今也則亡[5]，未聞好學者也。”

注釋

1. 哀公：姓姬，名蔣，魯國的國君。
2. 遷：轉移。
3. 貳：重複一次。
4. 短命：古代三十歲以前死去稱為短命。
5. 亡：同“無”。

串講

　　哀公想知道孔子的弟子中哪一個最好學。孔子認為是顏回。說他心裏即使有怒氣，也不會發洩到旁人身上；他也從不犯同樣的錯誤，只可惜短命死了。孔子認為再也沒有像他那樣愛好學習的人了。

評析

　　顏回是孔子最欣賞也最倚重的一個弟子，如果不是早死，孔子顯然是寄希望於他將自己的學說發揚光大的。在《論語》一書中，關於顏回的材料很多。將這些材料歸納到一起，我們大致可以看見一個跡近完美的道德君子的生動形象。

比如孔子說：顏回的心可以長期不悖離仁德，其他的弟子不過偶爾想到一下就是了。（見本篇）聽我說話而始終不懈怠的，大概只有顏回吧！（《子罕》）顏回真有賢德呀！吃一竹碗飯，喝上一瓢水，住在簡陋的小巷子裏，別人都受不了這樣的貧困，顏回卻始終保持他求道修德的快樂。顏回真是有賢德呀！（見本篇）等等。

在這一章裏，孔子概括了顏回的三種優秀品質，而歸結為顏回的好學。關於顏回的好學，孔子曾經這樣評價過：我只看見他不斷地進步，從沒看見他停下來過。（《子罕》）由此可知，孔子的所謂好學，指的主要是道德修養上孜孜不倦的追求。德者得也，得道者即為有道德者。孔子一心想培養出足以為天下楷模的道德君子，以便在天下推行他的德治之道、王化之道。顏回使他看到了希望，卻偏偏不幸早死。這成了孔子一生中最為悲痛的恨事之一。《先進》篇中記載了顏回死時孔子傷心的情況：孔子這樣哭道：噢！老天要我的命呀！老天要我的命呀！跟從他的人見他哭得太傷心，便勸他道：您太傷心了！孔子回答說：太傷心了嗎？我不為這樣的人傷心，還為什麼人傷心呢？

⑱ 子曰："質¹勝文²則野³，文勝質則史⁴。文質彬彬⁵，然後君子。"

注釋

1. 質：樸質，樸實，這裏主要指內質。
2. 文：文采，禮文修養。
3. 野：粗野。
4. 史：史官，古代史官掌文。這裏指過度注重外在文飾，虛誇。
5. 文質彬彬：文和質配合恰當的樣子，形容人既文雅又質實。

串講

　　孔子認為，樸質勝過文采，就顯得粗野；文采勝過樸質，又未免虛浮。要既文雅又樸實，二者結合適當而美好，這才算得上是個君子。

評析

　　"文質彬彬"已經是我們口語中常說的一個成語，這段話也是人們常引用的一段名言。而它作為一個美學的或人文學的命題，則也已經被中國的學者討論了整整兩千年了。所以，雖然只是簡單的兩句話，其中所包含的內容卻非常豐富，甚至不是我們在這兒三言兩語就可以解釋清楚的。但是，我們可以對照前面孔子對子桑伯子的評價，來理解孔子這句話中的基本精神。

　　總的來說，質是指某種本然的、素樸的、質實的、未開化的存在形態，而文則是人為的、文化性的、具有外飾性特徵和形式性追求的存在形態。孔子是重文的。他是他那個時代以文明為最高信仰的人文主義者。他心目中的理想社會就是以文為治，並且以“鬱鬱乎文”的形態存在的。但是他似乎也承認質更具有本質自呈的性質，因而終究是文的前提和基礎。所以，他也並不否定質的合理性和存在價值，而更願意對文與質抱不偏不倚的態度。他的解決方案是“文質彬彬”，即文與質各以最佳的分寸感和相容性和諧地統一為一個整體。這當然也是符合他一貫秉承的中庸之德的方法論的。

不過，就文質統一最終所達成的文明結果而言，“文質彬彬”其實還是成了孔子將事物的存在納入文化形態的一種方式，雖然是最合適、最講究分寸的一種方式。就是說，文質彬彬的結果其實還是文。

另外，我們也不應像一些人常做的那樣，簡單地將這種文質統一理解為形式和內容之間取得平衡的問題。文不僅僅是形式，質也並不就是本質或內容，二者實際上都是同一本質的存在形態。只是一個存在形態人文化程度要高一些，一個存在形態更接近原始狀態一些。所以，在文化觀上，我們可以要求克服過質的粗野，也可以要求克服過文的繁縟，但是在美學觀念上，二者其實是可以作為不同的美感形態和趣味追求並存的。

⑳ 子曰：“知之[1]者不如好之[2]者，好之者不如樂之[3]者。”

注釋

1. 知之：瞭解它。

2. 好之：喜歡它。

3. 樂之：以它為樂。

串講

　　對於某種學問或事業，孔子認為，懂得它的人不如喜歡它的人，而喜歡它的人又不如能以它為樂的人。

評析

　　這句話就其文意來說很好理解，因為它非常符合我們的日常經驗：最能讓我們欣然接受的當然是能夠使我們得到享樂的東西了，因此過去的理解一般都將它看作是對學道所達到的精神享受程度的描述。就是說，求道由知曉，到喜歡，到以此為樂、為嗜好，才能一步步達到與所求之道融為一體的境地。

　　但是從另一個角度看，孔子通過這句話所表達的也許是他的教化思想。孔子是個教育家，而且不是一般知識傳授意義上的教育家。他是一個要對整個社會的道德狀況和文明狀況進行整頓和引導的信仰傳播者和精神拯救者。他廣招門徒，傳道授業解惑，號稱弟子三千，其中出類拔萃者七十二賢人。但這個數字依然只能說明，相對於整個社會和廣大民眾的教養需要來說，要靠啟發、理解和培養求道熱情來傳授他的學說和思想，實際上能達到效果的範圍非常有限。那麼怎樣才能使廣大普通民眾更輕鬆、更樂意，甚至是更不知不覺地就得到了很好的教育呢？孔子認為，古代的聖王已經提供了很好的辦法，那就是"風化"。具體地說，就是通過音樂、詩歌、藝術活動等審美方式，使人們在有益的審美享樂中獲得正確的人文理念，同時也達到調適人們的心理狀態，安撫人們的精神，端正、平和人們的情感，統一人們的心思與意志等目的。用《樂記》上的話來說，就是：“樂行而倫清，耳目聰明，血氣和平，移風易俗，天下皆寧。”這才是孔子讚許“樂之”境界的深刻含義。

這樣就說到先秦禮樂制度中的樂制和樂教了。樂教是周朝建立的一種融道德教育和人文教育於一體的教育機制。據先秦有關文獻資料，這一教育機制似乎既起到了培養貴族統治者的政治人格和人文教養的作用，同時也起到了對天下的被統治者進行風俗整頓、心理安撫和精神關照的作用。如果真是這樣的話，這一機制在先秦之後沒有延續下來其實是非常可惜的。不管怎麼說，無論建立什麼樣的機制，一個健全的社會中，廣大普通民眾的精神世界是應該得到關照、安撫和引導的。遺憾的是，中國社會的制度設計者們似乎很難明白這個道理。

㉓ 子曰：“知[1]者樂水，仁者樂山[2]。知者動，仁者靜。知者樂[3]，仁者壽。”

注釋

1. 知：同“智”，聰明、智慧。
2. 樂水、樂山：樂，喜歡。
3. 知者樂：樂，快樂。

串講

孔子說："有智慧的人喜歡水，有仁德的人喜歡山。有智慧的人活躍，有仁德的人安靜。有智慧的人快樂，有仁德的人長壽。"

評析

這一段話，一般文化人也都耳熟能詳。但孔子說這段話深意究竟何在，也還未免仁者見仁，智者見智。這與孔子表述自己的思想時，往往只說出結論性語言，而對自己的結論一般不作出相應解釋有關。這也是中國上古思想家表達思想的一種特點。另外，上古時期向有君子比德的文化風俗，即以一些美好的自然事物來說明君子所具有的較為抽象的人格品德，比如以玉之德比君子之德等等。孔子講山水之樂，也含有明顯的君子比德的意思。

仁者、智者都是孔子心目中的君子，雖然在他的價值理念裏還是有輕重之分。仁者孔子說得多，比較好理解，那麼什麼樣的人才是智者呢？他的弟子樊遲曾向他問智。他回答說：致力於使人民明達事理，敬重鬼神但是遠離鬼神之事，也就可以稱得上是智了。（見本篇）可見智者在孔子心目中是那些重義理、有理性、明事理的君子。據說孔子曾去拜見過老子，不知老子是不是就是他心目中的智者。老子就非常喜歡水，對"水德"有着高於一切的評價。比如他說："上善若水。水善利萬物而不爭，處眾人之所惡，故幾於道。"（《老子‧八章》）另一方面，根據孔子上面回答樊遲的話，他是不是認為自己同時也是個智者呢？因為孔子也是非常喜歡水的。最有名的一個例子是他曾站在岸上感歎河水道：“逝去的時光就像這樣的吧，日夜不停地流去了。”（《子罕》）有一次，一個叫徐辟的人問孟子：孔子好幾次稱讚水，他所取於水的是什麼呢？孟子

泰山孔子登臨處

回答說：有源頭的泉水滾滾流淌，晝夜不停，注滿低窪之處，然後又繼續向前，一直奔流到四海。有本源的事物就像這樣。孔子所取於水的也就是這一點。（《孟子·離婁章句下》）照孟子所說，那麼孔子看重的水德也就是朱熹詩中所說的“問渠哪得清如許，為有源頭活水來”了。

《說苑·雜言》中也有一些討論山水之德的材料，其中說到山之德，是說它風雲際會，能使天地相通，而又蘊含寶藏，生長草木，化育萬物，供養百姓，是國家的依靠。這應該就是孔子所嚮往的王道聖德了。孔子當然也是喜歡山的，《論語》裏就有他和弟子們遊舞雩山的記載。（《顏淵》）《孟子·盡心章句上》中也說：“孔子登東山而小魯，登泰山而小天下。”

當然，智者和仁者也就因此而有所區別。智者窮究事理，以有限之生命追尋無限之知識，沒有止歇的時候；而仁者安仁，內心清靜平和。因此智者往往能獲得發現的樂趣、解決問題的樂趣，而仁者則內修仁義，外遠物慾，有養生之功，所以往往得以安享天年。

如果人的一生中能兼得仁智之樂與仁智之長，那就應該算得上是人生的最高境界了吧？

㉙ 子曰：“中庸¹之為德也，其至²矣乎！民³鮮⁴久矣。”

注釋

1. 中庸：這是孔子所倡導的最高的道德標準。中：折中，調和，無過無不及。庸：平常。
2. 至：極，最。
3. 民：人們。
4. 鮮（xiǎn）：少。

串講

　　孔子認為中庸是一種至高無上的道德，可惜人們已經好久不能看到它了。

評析

　　中庸被孔子評價為最高的道德，而尤其是當《中庸》一文與《論語》、《孟子》、《大學》被朱熹合在一起名為“四書”，並且成為科舉制的必考教材之後，中庸之為德，更是成為道學倫理中的核心理念。什麼是中庸，孔子在這裏語焉不詳，《中庸》中孔子也沒有具體解釋，只能從他談論中庸的話中去體悟。但《中庸》中有一段話，說是：“君子之道，淡而不厭，簡而文，溫而理。知遠之近，知風之自，知微之顯，可與入德也。”大體可作為體悟中庸之德的參考。

　　一般來說，中也就是折中、居中的意思，庸則是平常、經常的意思。因此所謂中庸，也就是一種不走極端、掌握分寸、折中兩端、以中為正、且安於常態的道德精神。有一次，子貢問孔子，子張和子夏兩人誰更賢明一些。孔子說：子張有些過頭，子夏有些沒達到。子貢說，這樣說來，子張要強一些嗎？孔子說：過猶不及（過頭與沒達到一樣不好）。（《先進》）這個故事可以幫助我們感受一下所謂中庸的基本原則。中庸的道德精神在美學上表現為中和之美，這尤其是對音樂而言，是指一種中正平和的美感形態。如果能對具有中和之美的音樂有所感悟，也就能接近對中庸之德的精神境界的理解了。

我們可以想像，要達到中庸的境界和狀態確實非常難，孔子那個時候就說人民已經長期缺乏它了，而今天，中庸更是難覓蹤影，它已經離我們越來越遠了。

述而第七

① 子曰：“述而不作¹，信而好古²，竊³比於我老彭⁴。”

注釋

1. 作：創作，創新。
2. 古：指古代文化。
3. 竊：私下。
4. 老彭：人名，殷朝的一位賢大夫。

串講

孔子說：“整理、闡述前人的學說而不創新，崇信而且愛好古代文化。我私下裏把自己比作老彭。”

評析

這是孔子說明自己的學說淵源和信仰所本的一段很重要的話。客觀地說，孔子確實是古代文化的整理者和繼承者。他幾乎是以一人之力，在春秋禮樂崩壞、文化失傳的情況下，復興了古代文化的積累與精髓。因此他說自己是好古者，他的學說所來有自，都不能說是委曲之言。

但問題還不僅如此。孔子不僅僅是整理了古代文化，而且實際上是通過刪選整理將古代文化進行了一以貫之的意識形態規範，使之成為超越於具體歷史語境之上的中華人文信仰，成為為中華文化確立了根本法則、根本信念和根本價值依據的聖教文本。《中庸》中說：“仲尼祖述堯舜，憲章文武。”他確實是這樣做的。而其實，周文王周武王是否建立了完整的意識形態信仰體系先不去說它，就堯舜這二位還處於部落聯盟時期的傳說中的首領而言，他們怎麼可

1948年祭孔場面

能已經具備了可以讓孔子去"述"的王道思想體系？情況倒可能恰恰相反，他們是被後人神聖化以便於說明後人們所創立的意識形態信仰的。孔子也是這樣做的。他是以"述"的方式達到"作"的目的，以"好古"的方式達到"濟世"的目的，所謂"繩之以文武之道，成一王法"。（《漢書·儒林傳》）一王法之為法，事實上是成於他的手中的。

所以，孔子的有些話，我們不妨反過來看，也許倒更能體會到他的用心。比如他說："蓋有不知而作之者，我無是也。""我非生而知之者。好古，敏以求之者也。"（見本篇）確實，他也許不是生而知之者，但他的話外音也很明顯：這個世界上也許有"生而知之者"或"不知而作之者"，但他的學說是通過勤奮努力的不斷追求所達到的"知"，因而是個"知而作之者"。事實上，當時的人們就已經將孔子看作是一個生而知之、或不知而作的先知先覺者。孔子反覆聲明自己不是這樣的人，與這一事實是有關的。

孔子並非像他說的那樣只是個古代文化的二傳手，而是個真正的創教者。

❷　子曰："默而識¹之，學而不厭²，誨³人不倦，何有於我哉？"

❸　子曰："德之不修，學之不講，聞義不能徙，不善不能改，是吾憂也。"

注釋

1. 識（zhì）：記住。
2. 厭：滿足。
3. 誨：教導，誘導。

串講

　　孔子說："口裏不說而心裏默默記住所學的知識，努力學習而永不滿足，教導別人而不知疲倦，這些事情我做到了哪些呢？"

　　孔子說："品德沒有好好修養，學問沒有認真講習；聽到義理所在之處而不能親往，有缺點而不能改正，這些就是我所擔憂的。"

評析

　　《述而》篇中多記有孔子的自謙自警之辭，這是其中的兩章。孔子的偉大不僅在於他是個立教者，而且也在於他是個真正的立德者。僅就教育而言，真正能做到一輩子為人楷模，身教重於言教的，除了孔子恐怕也沒有第二人了吧？而孔子的自謙，其實也正是他的身教方法之一。

因此，孔子的自謙之辭，不過是他要求自己達到的德行標準和學養標準罷了，而且往往是他已經達到了的修為。比如"默而識之"，他就說過"多見而識之，知之次也"的話，認為並不難做到。比如"學而不厭，誨人不倦"，他在另一處也曾這樣說："若聖與仁，則吾豈敢。抑為之不厭，誨人不倦，則可謂云爾已矣。"公西華聽了後說：這正是我們做弟子的做不到的地方。（見本篇）可見他實際上是做到了的。他提醒自己的那些話也是如此。因此，孔子的自謙，實際上是以自己已經達到的道德境，為後學者提供一個更為親切的努力方向。

❻ 子曰："志於道，據於德，依於仁，遊¹於藝²。"

注釋

1. 遊：優遊。
2. 藝：指各種技藝。

串講

孔子認為，一個君子應該立志學道，按德的標準來行事，為人處事處處依據仁的精神，遊習於各種技藝性的活動之中。

評析

　　這是孔子對一個君子的求道人生作出的全面描述，所以大體上也可以看作是他的夫子自道吧。《禮記·學記》中說："凡學，官先事，士先志。"立志向道，是將自己的一生獻給求道事業的前提。而且說到底，這志都不是純粹靠立就能立的。它還必須是一種發自內心的需求和渴望，這其實也就是孔子所說的"忠"。不忠者，即不能基於自身內在的需要而為者，是談不上志於什麼什麼的。

　　據於德則是一切按德的標準和要求來行事。《中庸》說顏回："得一善，則拳拳乎服膺而弗失之矣。"《論語》中說子路："子路有聞，未之能行，唯恐有聞。"（《公冶長》）都是說他們一旦瞭解了一種道德原則，便立即嚴格地一絲不苟地按着去做。赤誠如子路，如果還沒能做到，甚至生怕又聽說了什麼新的道德理念，因為這樣他又必須全力以赴去實踐新的道德。他害怕無法兼顧。

　　關於依於仁，前面《里仁》篇中我們已經看到過孔子說過的時時刻刻都不能悖離仁的話，可以作為這句話的注解。至於遊於藝，《禮記·學記》中的一段話可以看作是對它的一種解釋："不興其藝，不能樂學。故君子之於學也，藏焉，修焉，息焉，遊焉。"意思似乎是說，如果沒有一個練習和掌握技藝的過程，學習起來就不會主動而快活。而孔子的意思，似乎另有一層更具體的所指。他是說，以一種遊戲的態度或悠遊的方式，來參與那些與求道的關係不太大的技藝性的活動。孔子這樣說，與他自己是個多才多藝的人有關。

　　不過，後世的文人們在自己的求學生涯中，大多將前三則要求置之高閣，而於遊於藝則津津樂道。這大概是孔老夫子始料所未及的吧？

⓫　子謂顏淵曰："用之則行[1]，舍[2]之則藏，唯我與爾有是夫！"子路曰："子行三軍[3]，則誰與[4]？"子曰："暴虎[5]馮河[6]，死而不悔者，吾不與也。必也臨事而懼，好謀而成者也。"

注釋

1. 行：行動起來。
2. 舍：捨棄，這裏指不用。
3. 三軍：古代大國有上、中、下三軍，這裏泛指軍隊。
4. 誰與：與，在一起，指共事。
5. 暴虎：赤手空拳與老虎搏鬥。
6. 馮河：徒步過河。

串講

　　孔子對顏淵說："用我，我就幹，不用我，我就隱居，只有我和你才能做到這樣吧？"

　　於是子路問孔子："您如果去指揮軍隊，將與誰共事呢？"孔子回答："那種空手打老虎，赤身過大河，死了都不後悔的人，我是不會與他共事的。同我共事的人，一定要面臨任務謹慎小心，善於謀劃而能成就大事才行。"

評析

孔子有一次談到衛國的寧武子時說，他在國家政治清明時就聰明，在國家政治黑暗時就顯得愚蠢。他的聰明別人可以做到，他的愚蠢就不是人人可以企及的了。（《公冶長》）這實際表達了孔子的行藏觀念：天下有道則顯，無道則隱。這一章裏他對顏回說的話也是這樣的意思。當然，另一方面，他也表達了窮達都不關乎心的超脫精神。而這一精神，確實只有顏回才完全具備。

子路有所不服，雖然孔子實際上也說過如果歸隱江湖，跟從他的大概只有子路一個人的話。孔子對子路的回答則顯示了他因人施教的導師風範。子路好勇，義無反顧，生死置之度外，因此孔子要求他臨事要謹慎，多動腦子，萬事以成功為目的，因此要注重方法，不能憑一時之氣行事。

大而言之，則孔子凡事謹慎而為，是因為他是個以天下為己任的行道者。大道未行，他怎麼會在具體的事情上去逞一時之勇呢？

㉑ 子不語怪，力，亂，神。

串講

孔子不談論怪異、暴力、叛亂和鬼神。

評析

　　這句話不知是誰說的。但它很有名，是孔子對神怪文化不感興趣的一個最有力的、經常被人提及的鐵證。但是"子不語"到底說明了孔子對鬼神的什麼態度，字面上其實並不清楚。我們所知道的，是孔子對祭祀、鬼神崇拜以及民間的原始宗教活動還是相當重視的。他曾讚揚禹"菲飲食而致孝乎鬼神"，自己吃得很差卻很重視祭鬼神的貢品。（《泰伯》）而每當地方上的人們迎神驅鬼時，他都會穿上朝服，到東邊的臺階上去肅然而立。（《鄉黨》）他所反對的只是淫祀、亂祀，因此可能對過於氾濫的多神文化有些反感。有一次，他生了重病，子路請求祈禱。他問道：有這樣的嗎？子路說：有的。《誄》上說："為你向天地神祇祈禱。"孔子答道：我的祈禱已經很久了。（《述而》）似乎可以感受到他對宗教文化的這種既尊重又保留的心態。

　　但他雖然是個傳統文化的整理者，而且是商人後裔，卻並沒有對傳統文化中的宗教文化內容進行改造和規範，以使其適應大一統條件下的民族精神治理的需要。這其實算得上是個文化之謎。孔子希望五十而學易，是不是有意在宗教文化上欲有所作為呢？

　　子產說："天道遠，人道邇。"（《左傳》昭公十八年）大概孔子時代的志士仁人均以關注人事為明智。觀念和文化傳承上和孔子一樣的哲人其實不少，只是大多主政，為國家棟樑之材。只有孔子學集大成而得道傳教，成為當時天下的信仰重建者和人文拯救者。

　　因此孔子所建立的人文信仰完全是此岸信仰，是傳統文化信仰，是從傳統文化積累中提煉出、建構出的政治文化信仰和意識形態文化信仰。他所建立的意識形態統治的權威性與合法性，完全來自於祖先崇拜基礎上的古代帝王之道的神聖性。這種神聖性雖然有模糊的天授意念，但並沒有形成超越現實權力之上的至高無上的絕對統治者概念，並最終為非目的性的天命理念所消解。這也是孔子所建立的意識形態統治的脆弱性所在。

㉒ 子曰："三人¹行，必有我師焉：擇其善者而從之，其不善者而改之。"

注釋

1. 三人：幾個人。

串講

孔子說："幾個人一起走路，其中一定有可以作我老師的人。我選擇他們的優點去學習；看到他們身上的缺點，如果自己身上也存在，就去改正。"

評析

這一章裏的所謂"人"，在孔子的時代可能有特定的所指，並不泛指一切人，但我們現在自然不妨將它作一般性的理解。那麼，孔子是在教給我們一個利用一切機會自覺豐富自己的德行修養的方法。向一切德有所長的人學習，這樣，自己的道德追求就不會偏狹和受到人為局限了。當然，學習也不能盲目學習，而是要擇善而從。擇善而從是儒家道德修為中一個很重要的原則。不光要擇人、擇友、擇鄰居，甚至擇業都有這樣的問題。孟子說，造箭的人難道比造甲的人生性要殘忍一些嗎？可是造箭的人生怕他造的箭不能傷人，而造甲的人生怕他的甲不能抵禦刀箭。所以一個人選擇什麼術業來學習一定要慎重。（《孟子・公孫丑上》）諸如此類。

孔子之成為傳統文明的集大成者，與他的勤學、善學是密切相關的。有一次，衛國的公孫朝問子貢道：仲尼的學問是向誰學的？子貢回答說：文王武王之道並沒有完全失落，就存在於人世之中。賢能的人看得見重要的部分，不賢能的人看得見細小的部分。無處不有文王武王之道。先生哪裏不學？又哪裏有什麼固定的師從？（《子張》）孔子的善學可見一斑。

㉓　子曰：“天生德於予，桓魋[1]其如予何？”

注釋

1. 桓魋（tuí）：宋國的司馬，姓向名魋，曾想殺孔子。

串講

孔子認為是上天把聖德賦予了他，桓魋也不能把他怎麼樣。

評析

這句話據《史記》上說，是孔子離開曹國到宋國，和弟子們在大樹下習禮，宋國司馬桓魋想殺孔子，叫人來把大樹拔了，孔子離去，弟子們勸他趕快走時他說的。（《孔子世家》）這句話顯示了孔子的自聖意識。

孔子實際上一直有"天降大任於斯人"的使命感。他深信自己是中華文明道統的總結者和傳佈者，而這一使命並不完全是他自己一廂情願擔負起來的，是歷史賦予他的。用他自己的觀念來說，這是天命所在。是上天選中了他，讓他重建中華文明的道統與信仰。當時，有個叫公伯寮的人在季孫前說子路的壞話。魯國大夫子服景伯來告訴孔子，並且對孔子說：他老人家（指季孫）已經被公伯寮迷惑了，但是我的力量還能把這個傢伙在街市上砍頭示眾。孔子說：聖道將施行於天下，這是命定的；聖道將被廢棄，這也是命定的。公伯寮能把命怎麼樣呢？（《憲問》）孔子是將他自己作為天授聖道者來看待的。他的命運就是聖道的命運，這個命運不是個人所能左右的，而是由天命來決定的。當桓魋想要殺他時，他對弟子們說的上面這句話，也是這種意思。

還有兩個例子可以作為孔子這種自聖心態的佐證。一是他自己曾經這樣自言自語：鳳凰不飛來，黃河不出圖，我已經完了吧！（《子罕》）據古代傳說，鳳凰出現表示天下太平，黃河出圖表示有聖人受命。孔子這樣說，表面上是說自己沒有聖人受命的希望了，實際上坦露的正是他以聖人受命自許的心思。另一件事是，魯哀公十四年，西狩獲麟。《公羊傳》上說，麟是仁獸，有王者則至，無王者則不至。因此孔子聽說這件事後，流淚道：是為誰而來的呢！是為誰而來的呢！又感歎說：＂吾道窮矣！＂對於自己未能驗證這些祥瑞之兆而深感失落。

孔子墓

　　應該說，孔子的這種自聖意識是非常重要的。如果沒有這種自我神聖化的精神支撐，沒有這種天命所在、聖人受命的自尊自信，孔子也就很難超越於一切現實得失之上，視天下君王為無知無識之受教對象，而窮其一生為實現自己的理想和傳播自己的信仰而不懈努力。

　　孔子也許真是個天啟之聖吧！他一生推行治平之道，修養完美之德，其智與天地通，其學為天下法，他要不是聖人，誰還能是聖人呢？

㉕ 子以四教：文，行[1]，忠，信。

注釋

1. 行：躬行，引申為社會實踐。

串講

孔子從四個方面教育學生：經典文獻、社會實踐、忠誠德操、誠信品格。

評析

關於這四教的具體內容人們並不清楚，上面姑且這樣翻譯。《論語》中有一個可以參照的分類表述。《先進》篇中說："德行：顏淵，閔子騫，冉伯牛，仲弓；言語：宰我，子貢；政事：冉有，季路；文學：子游，子夏。"一般人認為這是對幾個弟子的學養各有所長的描述。但是也可能是孔子在他的因才施教的實踐中，對弟子們的學習有意進行的某種專業分類。這四個分類與孔子的所謂四教是否存在着嚴格的對應關係，因為書中語焉不詳而無法得知，但大體上似乎也可看出些線索。比如文對文學，行對德行，忠對政事，信對言語。（或者信對德行，行對言語。因為春秋時，行亦有出使外國之意。當時的外交官或曰外交使節就叫做行人。當時行人出使國外，有授命不授辭之說。因此，行人最重要的才能之一就是言語能力。）

因此，從這四教中我們可以悟出，孔子的着眼點並不在培養學者或文化人，而是在培養經典文化，也就是孔子總結出的王道禮制文化的全面傳承者、發揚者和實行者，是在培養社會所需的人文統治者。因為中國社會就是個靠傳統文化統治和治理的帝國，所以孔子的教育內容無非是統治文化、統治道德、統治才能和統治實踐。

這裏比較容易引起歧義的是文學之教。其實孔子時所謂文學，即使只是就其文獻之學而言，也不是今天所謂廣義文學的意思，而是對傳統的意識形態人文經典的學習，是對統治階層的禮制文化、道德觀念、價值信念和政治理念的學習。所謂文學文本，即經孔子整理後的傳統經典文本，也就是貴族階層進行政權統治和意識形態統治的文化法典和信仰聖經。打個不太恰當的比喻，它們應該算得上中華文明中的《舊約全書》。就此而言，《論語》自然是道成肉身後的孔聖人的《新約全書》了。

㉖　子曰：“聖人[1]，吾不得而見之矣；得見君子者，斯可矣。”子曰：“善人[2]，吾不得而見之矣；得見有恆者[3]，斯可矣。亡[4]而為有，虛而為盈[5]，約[6]而為泰[7]，難乎有恆矣。”

注釋

1. 聖人：具有最高智慧和道德的人。
2. 善人：良善無惡的人。
3. 有恆者：始終保持良好操守的人。
4. 亡：同"無"。
5. 盈：滿。
6. 約：窮困。
7. 泰：富有。

串講

　　孔子認為，現在聖人是見不到了，能看到君子就不錯了，善人也見不到了，能找到始終堅持操守的人就不錯了，有一些人，本來什麼都沒有，卻裝作有；本來空虛，卻裝作充實；本來窮困，卻裝作富有，他們怎能堅持操守呢？

評析

　　孔子的政治文化是聖王文化、德治文化、禮教文化。孔子堅信這種文化曾經在歷史上充分展現過它的輝煌與成就，因此只要人們願意，它也同樣可以在當前的現實世界中再現它的勝景與榮耀。而這一切的前提，就是出現能使這文治勝景再現的人。他期待出現這樣的人，四方奔走想說服當政者做這樣的人，希望有國者用他，讓他有機會證明他就是這樣的人，實在不行他就有教無類、誨人不倦地希望培養出這樣的人……但是一切看來都是徒勞的，那種強烈的失落感，大概只有一生不懈追求卻未臻目的者才能夠深切體會到。因此，他才有了上述感歎。不得已而求其次，能夠見到一心向善的人就不錯了。可是要看到這樣的人看來也難，因為到處都是裝模作樣、沐猴而冠的人。這樣的人，要讓他一心向善也未免太難了。

孔子為什麼那麼在意有沒有善人、仁人甚至聖人呢？因為孔子理想中的文德之治，就是必須由有道德有教養的人組成上流社會和統治階層。因為這樣的話，一是能做到統治階層內部人人謙恭互敬、以禮相交、各行其職，無爭利之心，無越位之意，群而不黨，相安無事，從而有利於社會政治的穩定和社會等級的和諧有序。二是居上位者道德高尚，可為治下之民的言行楷模，上行而下效，不教而化，使民心樂於向善。三是統治者均為教養、修養、學養優越之人，舉止言行無不莊重合禮，則臨眾有威儀，令人肅然起敬，居家亦文質彬彬，從容雅正，可以形成對下層民眾的文化震懾力和文明感召力。四是統治者有德，則有仁愛之心，關心民眾生活及精神狀況，人人如此，自然惠及天下。最後，仁善賢明之士組成的統治階層會衷心尊崇和推行經典文化，並以之教導和感化廣大下層民眾，使民歸於中正平和，民風呈現為文明淳厚。這樣一來，整個社會等級分明，秩序井然，貴賤有位，上下和敬，文禮隆盛，自律自重，良性互動，有機統一，生機勃勃，鬱鬱乎文。而這也就形成了孔子的理想社會。

孔子曾說：我衰老得多麼厲害呀！好長時間我都不再夢見周公了！日有所思，夜有所夢。周公這樣的聖人再世便是孔子一生的夢想。現實中沒有這樣的人，在夢中看見也好呀。（見本篇）孔子不敢自比周公，但那只是與身份意識有關，他的心志其實是和周公相通的。以老彭自比，（《述而》）就是希望自己能成為整個統治階層的政治指導者和精神導師，從而完成周公那樣的平治天下的王道大業。

㉗ 子釣而不綱[1]，弋[2]不射宿[3]。

注釋

1. 綱：網上的大繩。用一根大繩繫住網橫斷水流，再在網上用生絲繫許多魚鈎來釣魚，叫綱。
2. 弋（yì）：用帶生絲的箭來射。
3. 宿：指歸巢歇宿的鳥。

串講

孔子只用魚竿釣魚，不用大繩橫斷流水來取魚；用箭射鳥，但不射已經歸巢歇宿的鳥。

評析

孔子對仁德修為的注重是落實到生活中的每一個層面和每一個細節上的，不光是在釣魚和打獵活動中要講究仁心的培養，甚至在生活細節上都要刻意講究。《禮記·玉藻》上說："君子遠庖廚。凡有血氣之類，弗身踐也。"就是因為一個君子理應小心維護自己的不忍之心，使自己的精神、心理和意識始終處於善的包圍和浸潤之中，而不要在不經意間養成了不良的心理與習慣。《孟子》中記載了一件事，說是齊宣王有一次坐在大殿上，有人牽着一頭牛從殿下走過。宣王看見後問道：你牽着牛去哪兒？那人說：牽去宰了祭鐘。宣王說：還是放了它吧。看見它那哆哆嗦嗦的可憐樣子，我實在有些於心不忍。孟子對齊宣王說，這正是仁愛之心，憑着這樣的仁心就可以統一天下了。（《梁惠王章句》上）

我們現在生活的時代，是個生態危機四伏的時代。一些綠色和平組織提出生態道德的問題，有人不理解，說，生態有什麼道德問題？這不是泛道德化嗎？他們是不知道孔子、孟子注重求仁之心的苦心的人。孟子說，一個人能對動物有不忍之心，他的仁愛能不惠及於人嗎？在生態上講講道德，其實道理也是一樣的。

泰伯第八

② 子曰："恭而無禮則勞；慎而無禮則蒽[1]；勇而無禮則亂；直而無禮則絞[2]。君子篤[3]於親，則民興於仁。故舊不遺，則民不偷[4]。"

注釋

1. 蒽（xǐ）：畏懼，膽怯。
2. 絞：說話尖刻，出口傷人。
3. 篤（dǔ）：忠誠，一心一意。
4. 偷：感情淡薄。

串講

孔子認為，一味地恭敬而不用禮來作指導就未免疲勞；只知小心謹慎而不用禮來作指導就會畏懼；勇敢無畏而不用禮作指導就會盲動闖禍；直率而不用禮作指導就會尖刻傷人。如果君子能忠誠地對待自己的親族，那麼老百姓就會興起仁厚的風氣；如果君子能不遺棄自己的故人舊友，那麼老百姓就不會對人冷漠無情。

評析

禮是孔子政治文化中非常重要的一個組成部分。整個社會的結構性存在方式就是禮。它通過規範和制度對人的社會地位進行區分，並對人的社會行為進行節制。孔子強調道德修養，就是希望人們不只是基於被迫服從禮制的外在束縛，而是基於對道德的追求和對社會理性的認可，而自覺遵守禮義的規範。但是另一方面，他也認為並不能因為動機

德國科隆孔廟

的善良，或者因為是道德的選擇，就可以無視禮義的規範和節制。這不僅僅是接受社會理性束縛的問題，同時也是一個社會人的道德風範和文化教養問題。因此，恭、慎、勇、直，雖然都是值得肯定的道德，但如果不合乎禮，不在禮的節制下保持正確的分寸，那它就會走向道德的反面。

即使就道德言道德，孔子也反對對一種道德進行無條件的價值肯定，而主張道德行為本身的條件制約和分寸意識。比如他說：喜好勇敢卻厭惡貧窮，是不合德的；對不仁的人痛恨到過分的程度，也是不合德的。（《泰伯》）道德，是一個人人格的全面修養，有一不足，即形成對整個人格的破壞，所以真有修養者理應處處在意。

就日常社會生活而言，孔子要求人們以禮節德的思想也是非常重要的。因為仁義道德是非常本質性的東西，在實踐中它必然要呈現為一定的社會行為方式，但是這並不能說明它就可以採取任意的一種行為方式。如果這種行為方式以一種不合適的、沒教養的形式表現出來，那實際上只可能形成對道德本質的遮蔽和破壞。所以《曲禮》上說："道德仁義，非禮不成。"

不合乎禮的、沒有教養的道德行為是難以達到好的效果的。另一方面，沒有了一定的禮文教養形式，社會行為的道德判斷有時也就會失去客觀的判定標準，而成為一種主觀任意的定性。在這種情況下，就難保不會有人假道德之名，而行無禮非禮之實。更不用說，再理想的社會，也不可能要求人人都達到很高的道德水平，成為仁人聖者。相比較而言，要求人人都講究禮儀，言行舉止符合一定的社會文明規範，無論是在社會生活中還是在社會交際中都表現出應有的教養，這還是可以做得到的。

此章後半部分講君子重親情、友情對於民風民德的影響，其義與《學而》篇曾參"慎終追遠"章相近，可參看。

6 曾子曰："可以託六尺之孤[1]，可以寄百里之命[2]，臨大節[3]而不可奪也——君子人與？君子人也。"

注釋

1. 六尺之孤：指未成年人。古代尺短，約合今138釐米。身高六尺還是小孩。
2. 百里之命：指國政。百里：指諸侯國。
3. 大節：指國家安危存亡的大事。

串講

　　曾子認為，可以把年幼的孩子託付給他，可以把國家的命運寄託在他身上，他在生死存亡的緊要關頭不動搖屈服——這種人便是君子。

評析

　　這是曾子談論信義人格的一段話。託六尺之孤，可以說是小信；寄百里之命，可以說是大信；臨大節而不可奪，則是生死之信。君子之信，在先秦時為士大夫氣節尊嚴之大事，有太多的故事可以說明信義人格在君子人生和人格中的重要性。

　　一個叫尾生的人與一女子相約橋下，女子沒來而洪水先至。尾生守信不離，抱橋柱而死，這是個人之信。齊國權臣崔杼殺了齊莊公，太史將此事書於竹簡上道：“崔杼弒其君。”崔杼便殺了太史。太史的弟弟又接着這樣寫，崔杼又殺。就這樣接連殺了太史和他的兩個弟弟，第三個弟弟依然接着這樣寫，崔杼就只好由他去了。這是史官之信。（《左傳》襄公二十五年）“趙氏孤兒”的故事為大家所熟知，公孫杵臼和程嬰為救趙氏遺孤先後赴死，這是託孤之信。趙國還有個叫肥義的，受趙武靈王之託而為趙惠文王相國。太子要作亂，有大臣對肥義說明其危險，要他稱病不出，肥義說：“吾欲全吾言，安得全吾身！”最終死於太子之亂。這是寄國之信。（《史記·趙世家》）而前面所說的子路死義的故事，則可謂臨大節而不可奪的生死之信了。

　　嗚呼！反觀今日，想找到一個說話算數的人也不容易了，是這個社會再也沒有君子了嗎？

❼ 曾子曰："士不可以不弘毅[1]，任重而道遠。仁以為己任，不亦重乎？死而後已，不亦遠乎？"

注釋

1. 弘毅：心胸寬廣，堅毅剛強。

串講

　　曾子說："士人必須胸懷寬廣而且意志剛強，因為他們的任務重大而道路遙遠。把實行仁德作為自己的責任，這樣的任務不重大嗎？奮鬥到死才停止，這個歷程不遙遠嗎？"

評析

　　這段話很重要，是古代社會精英們使命意識和道義意識的精彩表達，千百年來一直成為鼓舞士大夫們自強不息、以天下為己任的經典格言。

　　士是中國古代社會的中堅力量。他們不但組成了古代官僚階層的主幹部分和強大的後備軍，而且肩負著全社會意識形態掌控和文化傳承的重任。而這一意識，事實上是到孔子時代才明確起來的。春秋時期，傳統的貴族血統專制已經遭到破壞，在上層統治階層和下層民間社會之間，開始崛起了一個新興的階層：士階層。他們中有流落社會下層的敗落貴族子弟，也有出身卑賤而學識淵博的文化精英，更多的是一些具備了各種才智技能的自由民。他們中開始產生一些傑出的政治家（如管仲）

和思想家（如孔子），成為歷史風雲際會中的弄潮兒和文化巨人。這是曾子提出士人道義人格的歷史前提。

這一道義人格是中國文人傳統中的一筆精神財富。它使得他們中的仁人志士、傑出精英總是繫天下國運民生於一身，不敢稍有懈怠。達，則兼濟天下，窮，則獨善其身，寫下了中國歷史長卷中許許多多感人的篇章。

⑧　子曰："興¹於詩。立於禮。成於樂。"

注釋

1. 興：感奮，激發。

串講

孔子說："詩歌激發人的心志，禮儀使人立身於社會，音樂使人獲得完美的教養。"

評析

孔子的這句話，既可看作是一個君子學養逐漸完成和道德人格逐漸形成的成長過程，也可看作是不同的人文內容對於一個君子所具有的不同的意義。依前一個意義，則君子的學習開始於詩歌，確立於禮儀，而完成於音樂。依後一意義，則一個君子的人格修為可從詩歌得到啟發，從禮儀得到行為規範，從音樂得到信念傳承和道德完善。

後一個意義可能更接近孔子的本意一些。因為在《論語》中，孔子還說過諸如"詩可以興"（《陽貨》）、"不學禮，無以立"（《季氏》）、"不知禮，無以立也"（《堯曰》）的話，都是可以通過詩與禮達到什麼目的的意思。別的不說，在那個已經禮崩樂壞的時代，不學禮就沒法在上流社會立足，可見得禮文教養在君子人生中依然起着至關重要的作用。不能從詩中得到啟發還沒什麼，不能最終在樂中使道德得到完善大概問題也不大，可是不知禮，卻是絕對不可能成為一個可以為上流社會所接納的人士的。先秦以還，在整個古代社會，禮文教養作為立足於體面社會的基本條件這一點，一直未變。奇怪的是，這麼一個有着數千年禮儀文化和教養意識的國度，卻似乎在一夜之間就不知道禮儀、教養為何物了，其中的奧秘，實在是令人百思不得其解。

⑨　子曰："民可使由[1]之，不可使知之。"

注釋

1. 由：從，遵從。

串講

孔子認為，老百姓只要讓他們照着去做就行了，沒必要讓他們懂得為什麼要這樣做。

評析

　　這是孔子政治學說中的一條治世役民原則，還是孔子相對於某一特定事件的一時感興之語，從書中是看不出來的。《史記》中說：「民可以樂成，不可與慮始。」（《滑稽列傳》）「民不可與慮始，而可與樂成。」（《商君列傳》）所以這種觀念或這類說法是先秦時上層社會的一般看法或習語也未可知。不過無論它有什麼條件限定性，都表達了對下層民眾的一種蔑視。這種觀念認為，下層民眾是不懂道理的，也和他們講不清道理。他們只看得見眼前利益，不會願意為任何長遠的目標付出代價——即使這一目標完全是為了幫助他們獲得更大利益。因此統治者如果想幹成一件事，就根本不用和他們講什麼道理，只要強制他們服從就行。目的最終達成之後，他們也就會接受了。

　　這當然是一種愚民政治理念。但是另一方面，如果我們拋開這一理念中當時具體的貴族文化立場和禮制等級觀念不說，這一說法也顯示出這樣一種政治現實：一個社會中的下層民眾如果文教不足，意識無主，不可理喻，已成愚民，就會成為一種非理性的社會動亂隱患。因此孔子此言，骨子裏也可看作是這種憂患意識的一種表達。

　　不過無論如何，孔子或者先秦政治家們的這種治民觀，實在是只能作為一種權宜之計來使用，永遠的愚民政策是不足取的，其結果只能是永無休止的、隨機而起的社會動亂。

⓭ 子曰："篤¹信好學，守死善道。危邦²不入，亂邦³不居，天下有道則見⁴，無道則隱。邦有道，貧且賤焉，恥也；邦無道，富且貴焉，恥也。"

注釋

1. 篤：忠實，堅定。
2. 危邦：已有將亂的徵兆的國家。
3. 亂邦：指臣弒君，子弒父的國家。
4. 見：同"現"。

串講

　　孔子認為，一個人應該有堅定的信仰和好學的精神，誓死去捍衛那些完善的治國做人的原則。政局危急的國家不要進入，紀綱紊亂的國家也不要去居住。天下太平，政治清明，就出來做官；天下不太平，政治黑暗，就隱退江湖。當國家政治清明的時候，沒有受到明君的任用而過着貧賤的生活，這是恥辱；當國家政治黑暗的時候，為暴君效力而得到榮華富貴，這也是恥辱。

評析

　　這一章，可看作是孔子與他的弟子們共勉的話，可看作是他們為了共同的信仰和理念而成就一番偉大事業的誓言。這事業就是要將作為中國古代文明的結晶和精粹的聖王之道、平治之學總結出來，繼承下來，堅定地守護它，終身信仰它，並始終不渝地、永不懈怠地將它傳佈於天

日本湯島大成殿

下，推行於天下，在任何條件允許的情況下，便要盡一切努力來使它得以施行和實現。

　　這是一個確立了文明信仰並且終其一生傳播這一信仰的人所表達的決心和人生信念。他或者他們的使命就是立教傳道，使文化先聖的遺澤成為普天下共享的人文財富，從而為從個人的生存，到政權的運作和社會的治理，提供價值與理念的權威依據。因此，我們就可理解孔子為什麼要遠離危險和禍亂了：他們的使命不允許他們置守護的信仰學說於不顧而冒死輕生。孔子說：政治賢明，就該言語正直行為也正直；政治黑暗，就得行為正直而言語謙遜。（《憲問》）大概也是沒必要惹禍的意思——也可以理解孔子為什麼要否定在無道的社會中求取富貴的人生選擇了。在黑暗無道的社會，可以隱退於下層社會以傳承和傳播他們的信仰學說，卻不可能通過與惡濁同流合污來使他們的信仰學說得到施行和實現。

　　普通人自然是做不到這一點，無信仰的人也沒必要去這樣做。但是只要是個有信仰的人，只要是個心中還守護着某種人文信念的人，孔子提供的這些原則就依然還有它的價值。有信仰，就該信仰堅定，追求信仰。真有信仰，就該終身不渝，至

死不渝。尤其是，當整個社會陷入一片無賴當道、無恥通行的烏煙瘴氣之中的時候，不為了求得富貴而出賣尊嚴，不與黑暗勢力沆瀣一氣，總是可以做得到的。有一次，原憲問孔子什麼叫恥辱，孔子回答說：國家無道時還做官拿俸祿，就是恥辱。（《憲問》）他還曾經這樣稱讚衛國的大夫蘧伯玉道：蘧伯玉真是君子呀！國家有道，就出來做官；國家無道，就可以將自己的才華隱藏起來。（《衛靈公》）孔子在不同的場合，一再對政治不清明的社會中依然熱衷於仕途經濟者表示自己的不屑與否定，正說明了這一原則的普遍有效性。

⑱　子曰："巍巍乎[1]，舜禹之有天下也而不與[2]焉！"

⑲　子曰："大哉堯之為君也！巍巍乎！唯天為大，唯堯則[3]之。蕩蕩乎[4]，民無能名[5]焉。巍巍乎其有成功也，煥乎[6]其有文章[7]。"

㉑　子曰："禹，吾無間[8]然矣。菲飲食而致孝乎鬼神，惡衣服而致美乎黻冕[9]，卑宮室而盡力乎溝洫[10]，禹，吾無間然矣。"

注釋

1. 巍巍乎：崇高的樣子。

2. 與（yù）：參與、關連，這裏有享有的意思。

3. 則：效法，學習。

4. 蕩蕩乎：廣大的樣子。

5. 名：讚美，稱讚。

6. 煥乎：光明顯赫的樣子。

7. 文章：指禮儀典章制度。

8. 間：間隙，引申為挑剔。

9. 黻（fú）冕：祭祀時穿戴的禮服禮帽。

10. 溝洫（xù）：水渠，這裏指農田水利建設。

串講

　　孔子說：舜和禹真是崇高呀！他們擁有天下卻不去享用它。

　　孔子說："堯這樣的君主真是偉大呀！多麼崇高！只有天最偉大，也只有堯能效法它！他的恩德多麼廣大，老百姓都不知怎樣去讚美他。他取得的功績是多麼偉大崇高啊！他制訂的禮儀制度是多麼光輝燦爛啊！"

　　孔子說：禹作為一個君主，我對他真是沒什麼可挑剔的了。自己的飲食很菲薄，卻把祭品辦得極豐盛；平時衣服穿得很差，卻把禮服做得極華美；宮室建得很一般，卻全力以赴地進行水利建設。禹作為一個君主，我對他真是沒什麼可挑剔的了。

評析

　　這裏一共三章，合在一起，是因為這是孔子對於古代三位傳說中的聖王的讚美與評說。在孔子眼中，這三代聖王正是他心目中王道之治的最早的典範。就德治而言，三王都具有聖德，尤其是堯舜，能讓天下於有聖德者，可謂聖中之聖了。

　　在孔子的德治理念中，禪讓之德是君王的最高道德。他曾這樣讚揚周先君古公亶父的長子泰伯："泰伯，其可謂至德也已矣。三以天下讓，民無得而稱焉。"又這樣稱頌周文王："三分天下有其二，以服事殷。周之德，其可謂至德也已矣。"（見本篇）所謂至德，說的都是有天下而讓之德。泰伯為長子而讓位於幼子（即文王之父季歷），文王三分天下有其二而稱臣於殷。他們都繼承了堯舜之聖德，所以天下最終歸於周，也是得其所哉。

　　聖王之德的另一個表現就是無為而治。他們都以德服天下，才德之人為之用，庶民百姓望風來歸，所以垂衣而天下治。而這種聖德，又可說是則天之德。因為用孔子的話來說就是："天何言哉？四時行焉，百物生焉。"（《陽貨》）大德立，大道行，則天下自然平治。所以孔子感歎堯舜之德大如巍巍之天。

　　另一方面，德治也具體表現為善用人之治。堯舜有天下而無所為，是因為他們能選用真正有才德的人為臣。孔子說："舜有臣五人而天下治。"（見本篇）孟子說：舜使益掌火，禹疏九河，后稷教民稼穡，契為司徒，教以人倫……"舜以不得禹、皋陶為己憂"。（《孟子·滕文公章句上》）說的都是這個意思。

而禹之聖德則表現為，在厲行德治的同時還尤其重視禮治，這在無論是祭品還是禮服都非常考究這一點上體現了出來。而這幾點，可以說正好形成了孔子人文信仰和社會理想中的核心內涵。

　　我們知道，孔子是個為中華民族創立了人文信仰的人。他的信仰不是宗教意義上的信仰，而是堅信可以在這個世界上建立一個治平的，即他所認為的文明的世界。他不把希望寄託在死後的、現實中沒法出現的、純精神性的彼岸世界，而是把希望寄託於現實的世界。為此他也為我們虛構了一個理想境界，這個虛構的理想境界就是我們曾經擁有過的遠古的歷史。他告訴我們，他並沒有刻意地提出什麼難以實現的理想。他只是希望人們復興我們的先人已經做到過的一切。他把眼光投向過去，是試圖說服人們：我們的先人既然已經建立過一個這樣理想而美好的社會，而且我們已經知道它是怎麼樣的一個社會，那麼我們現在有什麼理由做不到呢？而正因為作為信仰的這個理想社會已經存在過，所以中國古代社會的帝王便不得不堅信這個社會他本人就可以提供給他的人民，就不得不時時以這個已經存在過、因此現在也可以做到的社會典範來提醒自己，要求自己，而沒法任憑自己的意志與想像力恣意妄為。

　　這應該是孔子創立這一信仰給歷代中國人帶來的最大的福祉吧？當然，它也給中國人帶來了因循守舊、不思創新的副作用。這是崇古信仰的代價，是我們今天應該，也可以卸去的包袱。

子罕第九

❸　子曰：“麻冕¹，禮也；今也純²，
儉，吾從眾。拜下³，禮也；今拜乎上⁴，
泰⁵也。雖違眾，吾從下。”

注釋

1. 麻冕：麻料做成的禮帽。按照當時的規定，這種禮帽要用二
   千四百縷經線做成，麻質較粗，必須織得細密，因此很費
   工。
2. 純：黑絲。用絲做禮帽，比較省工，因為絲質細，容易織
   成。
3. 拜下：指臣見君的禮節，先在堂下拜，君表示辭謝，然後升
   堂再拜。
4. 拜乎上：指臣見君時直接到堂上拜，在堂下不拜。
5. 泰：傲慢。

串講

　　孔子表示：禮帽用麻料製成，這是符合禮的，現在大家用
絲製，更節儉一些，所以他可以贊成大家的做法。臣見君，先
在堂下跪拜，再升堂跪拜，這是符合禮的，現在只在堂上跪拜
一次，這是傲慢的表現。因此即使違反大家的做法，他仍然堅
持應該遵從堂下拜一次，升堂再拜一次的禮節。

評析

　　孔子一向對破壞既有禮制的行為很反感，這段話裏涉及到

的同樣是兩樁不合禮制的事情，但孔子卻表示了兩種不同的態度。第一樁不合禮的事前面我們已經提到過，孔子基於節儉的理念而表示可以依從大家的做法。第二樁事情其實也不大，不過是在堂下、堂上都磕頭還是只在堂上磕頭的差別，但這一改變孔子卻沒法認同，因為這裏涉及到禮制中最基本的理念問題，即尊卑上下的等級問題。如果說前一種改變還是基於一個正面的道德理念作出的話，那麼後一種改變就是基於一種負面的不道德的理念（倨傲不敬）作出的，而這正是孔子不能容忍的。

由此可以看出，孔子雖然原則上從不同意對禮制的任何破壞和改變，但他更在意的還是禮制的建構所依存的人文理念。禮制是為了維護和實現這樣的人文理念而建立起來的，對禮制的堅守說到底是對這些人文理念的堅守。

這個道理是有普適性的。沒有教養的人並不僅僅是在行為方式上不講究，而是實際上已經放棄了某種道德原則或人格理念，放棄了羞恥心和尊嚴意識。教養是需要人文理念做它的基礎的。

❺ 子畏[1]於匡[2]。曰：“文王[3]既沒，文不在茲[4]乎。天之將喪斯文也。後死者[5]不得與[6]於斯文也。天之未喪斯文也。匡人其如予何。”

注釋

1. 畏：這裏指拘囚。
2. 匡：地名，在今河南省長垣縣西南。
3. 文王：周文王，姓姬，名昌。
4. 茲：這裏。
5. 後死者：孔子自稱。
6. 與（yù）：參與，這裏指掌握。

串講

孔子被拘禁在匡地。他說："周文王死了以後，一切文化道統不是保存在我這裏嗎？上天要是想毀滅這種文化，那我也就不能掌握它了；上天要是不想毀滅它，那匡人又能把我怎麼樣呢？"

評析

這段話裏涉及到孔子歷遊各國時的一段險遇。當時孔子離開衛國去陳國，在匡地被匡人包圍。魯國的陽虎和孔子長相相似，曾經欺凌匡人。匡人以為孔子就是陽虎，所以包圍了他。當時弟子們很緊張，孔子便對他們說了上面這段話。（參閱《史記・孔子世家》）

孔子這段話，對於認識他在中國文明史上的意義非常重要。孔子可說是中國歷史上第一個以體制外的個人身份為整個文明確立了社會理想和人文信仰的思想家，從這一段話可以看出，他對這一點其實是很自覺的。在孔子之前，中國實質上是個政教合一的社會。就是說，儘管已有了高出於現實世界的聖王理想，現實體制中巫史人員也佔有很高的地位，並起着很重要的意識形態監控作用，但是整個社會的統治權和意識形態掌控權實際上是集於最高統治

匡人

者一身的。而且說到底，社會信仰也好，巫史之責也好，這也都只是權力體制之內的運作，因為在政教專制社會，文化只是一種統治特權。無論是它的意識內涵和表達方式，還是它的教育權、解釋權和使用權，都必須完全掌控在王朝貴族統治階層手中，並且集中體現在天子至高無上的權力之上。它本質上也就是對全社會意識形態的統治和掌控。

所以，王道之治的最高理想是出現集權力的至高無上和思想的絕對正確於一身的聖王，它與這種政教合一的專制體制在本質上是相通的。這一理想的體現者在傳說時代有三皇五帝，在周朝的建立者中則有文武周公。在孔子心中，其中尤以周公為聖。他以攝政王的身份東征西討，鞏固了王朝天下。天下平治之後，他又制禮作樂，成為孔子所嚮往的理想社會體制的設計者和創立者。成王長大後，他又歸政於成王，執臣子禮，督率天下拱衛王權，奠定了周王朝八百年的基業。雖然孔子認為他是一個以自己的智慧與聖德輔佐了專制王權的聖人，但他實質上與文武周王無別，只不過他不僅集思想統治與政權專制於一身，而且是個具有堯舜之德的聖王罷了。

因此只有到了孔子，文化的統治權和意識形態的掌控權才從政教合一的專制體制中分離了出來，成為以在野的身份與現

實政權統治比肩而立、分庭抗禮的意識形態信仰的威權所在。孔子以一種自信乃至自負的心態說出的"文化道統在我這兒"這句話，正是這一兩權分立局面正式形成的公開宣言。因此，中國歷史上的意識形態教化權與掌控權，相對於世俗政權而言所擁有的獨立性和分治地位，是孔子通過自己一生毫不妥協的奮鬥爭取來的。就此而言，可以毫不誇張地說：孔子之前無聖人，孔子之後無聖王。

可惜這種兩權分立的中華文明，一毀於蒙古人入侵，再毀於清兵入關，此後一蹶不振，再也未能形成氣候。中華文明的衰敗與消亡，可說莫此為甚。

8 子曰："吾有知乎哉？無知也。有鄙夫[1]問於我，空空如也；我叩[2]其兩端[3]而竭[4]焉。"

注釋

1. 鄙夫：鄉下人。
2. 叩：叩問，盤問。
3. 兩端：兩頭，指始終、本末、上下、正反兩方面。
4. 竭：盡力。

串講

孔子說："我有知識嗎？——沒有。有一個鄉下人來問我問題，我本一無所知，只能從他問的問題的首尾兩頭去盤問，才能得出答案，再盡量告訴他。"

評析

孔子這句話歷來被認為是他自謙人格的一種表現，其實不盡然。和孔子差不多同時的古希臘哲人蘇格拉底就說過這樣的話：我知道我一無所知。我想，孔子說這話時，和蘇格拉底的心一定是相通的。因為偉大的思想家思索和追問的都是天下最根本性的問題，他們渴望的是找到這些問題的終極性的答案。為達到這一目的，他們也不得不對智慧本身進行無窮的叩問，以使無限的存在奧秘能在同樣趨向於無限的智慧之境中充分地呈現出來。然而事實上，存在的奧秘是無窮的，而一個人的智慧終究是有限的。以有限的智慧去追求無窮的存在之秘，這不能不使人有"空空如也"之感。而且，一個人越是有智慧，越是有強烈的、趨向於無限的求知慾，探索的問題越多、獲得的知識越多，他就會越發感到自己的無知。愛因斯坦就曾經說過自己比他的聽眾還要無知——他畫了大小兩個圓後說道：我們的知識就好比這兩個圓，所知越多即圓越大，圓越大，其圓外所接觸到的無知的領域也就越廣闊，自然也就越發知道自己有多麼無知了。

孔子同樣是這樣一個希望能找到天下事物的最終依據和根本答案的偉人，因此在知識和學問方面，甚至在各種技藝的掌握上面，他在當時都是首屈一指的。但也正因為如此，他也就比別人更清楚這世上還有多少知識是他所不知道、還有多少奧秘是他所不能解答的。而他惟一能做的，就是好學不已，求索不已。"叩其兩端而竭"，正是他遇到問題決不放過的求知方法與態度。

> ⓫ 顏淵喟然[1]歎曰："仰之彌[2]高，鑽之彌堅，瞻之在前，忽焉在後。夫子循循然[3]善誘人，搏我以文，約我以禮，欲罷不能，既竭吾才。如有所立卓爾[4]，雖欲從之，末由[5]也已。"

注釋

1. 喟（kuì）然：感歎的樣子。
2. 彌：更。
3. 循循然：有次序的樣子。
4. 卓爾：高超，突出。
5. 由：途徑。

串講

　　顏淵感歎道："老師的道德學問，我越抬頭仰望越覺得高，越深入鑽研越覺得深，看看好像在眼前，忽然又到後面去了，真是不可捉摸。老師善於一步步誘導我們，用各種古代文獻來豐富我們的知識，用禮制來約束我們的行動，我們即使想停止學習都不可能，直至竭盡我們的才能。就好像有一個高大的東西矗立在我們面前，我們很想攀登上去，卻找不到適當的途徑啊！"

評析

　　這是顏淵稱頌孔子的一段話，是從弟子的立場和視角，對孔子聖人形象的描述。這是個立教者的形象，超越於現實和眾生之上，為社會的發展與人的生存確立了崇高的信念和理想的目標。這也是個傳道者的形象，為信仰和學說的傳承，為培養能傳承和實行其信仰和學說的合格人才，而不遺餘力。

　　有一個事實是，孔子生前就已經被他的學生尊崇為聖人了，甚至也已經在當時的社會上被普遍認可為聖人了。本篇就記載了一件事，說是有個官職為太宰的人問子貢道：孔老先生是位聖人嗎？他為什麼如此多才多藝呢？子貢回答說：上天確實有意要讓他成為聖人，又使他多才多藝。

　　太宰是以多才多藝為孔子是聖人的標誌。子貢肯定了孔子是聖人，但表示孔子的多才多藝與他是一個聖人並無必然關係。我們已經知道，孔子自己也是將自己作為聖人來期許的，但他對於自己的多才多藝卻並不以為然。因為他更清楚自己之所以是個聖人的真正本質所在：他是個為天下確立人文信仰和意識形態信仰的立教傳道者。他也希望人們真正理解這一點，所以他說，他的多才多藝是兒時的貧賤造成的，一個真正的君子不會這樣多才多藝。因此，他對君子的要求正是顏回所描述的：一個君子，能夠廣泛地學習傳統文獻，並且用禮節來約束

自己，也就可以做到不離經叛道了。（《雍也》）

孔子寄望於弟子的也就是傳道立德，真正深知孔子的為聖之心的，大概只有顏回一人吧？

㉚ 子曰："可與共學，未可與適¹道；可與適道，未可與立；可與立，未可與權²。"

注釋

1. 適：往，到。
2. 權：權變。

串講

孔子認為，可以在一起學習的人，未必可以一起學到道；可以在一起學到道的人，未必能一起事事都依禮而行；而能一起事事都依禮而行的人，又未必可以一起通權達變。

評析

孔子在這裏表面上談的似乎是同道相交的程度問題，實際上涉及了求索人文之道的四個不同的境界。其一是求知的境界，也就是學習知識。其二是悟道的境界，也就是瞭解、懂得所學之道的深刻內涵的境界。其三是主體自立的境界。有人依據孔子"立於禮"的思想，解這裏的"立"為依禮而行，但更深一層理解的話，則應該有通過悟道而得以自我確立的意思。一般來說，通過學道而最終得以在社會上實現自己的人生價值，也就算是學有所成了。但在孔子看來，最後還有個通權達變的境界。人生、社會、生活，人文理念和道德實踐，實際上都處於永恆的運動流變之中，而不是一成不變的一潭死水。因此，在一個人的人生中，無論秉持什麼樣的人文理念，都有可能遇到不能完全與理念完全契合的情況。在這時，就需要有根據具體情況而予以靈活變通地處理的智慧和能力。這也就是孔子所說的權的境界。孟子曾經講過一個故事，成為瞭解孔子權變思想的著名例證。故事中說，淳于髡有次問孟子：男女授受不親，是禮嗎？孟子說，是禮。淳于髡說：那麼，嫂子掉到水裏要淹死了，用手去拉她嗎？孟子說：嫂子要淹死了而不去拉她，那就成了豺狼野獸。男女授受不親是禮，而嫂子要淹死了用手去拉她，則是權變。這就是"嫂溺援之以手"的典故。（《孟子·離婁章句上》）

孔子為什麼要將"權"作為求道的最高境界呢？因為權和中庸之德一樣，都是要在千變萬化的不確定性中掌握住道德和信念的分寸。這不能靠主觀任意的一時靈感和機智來達到，而只有對自己的信念和所學之道有足夠深刻和圓融貫通的理解，才能在任何情況下既堅持原則、固守根本，又能因時制宜、因地制宜，事事做到恰如其分。

鄉黨第十

這一篇文字非常生動地刻畫了孔子在朝、在野及日常居處的種種禮文作派，千載之下讀之，孔子之音容笑貌、舉手投足依然栩栩然如在眼前，是先秦時期非常罕見的關於人物形象刻畫的文學文本。這裏分類節譯了一些有代表性的片斷，我們可以據此瞭解一個現實中的活生生的孔子。

① 其[1]在宗廟朝廷，便便[2]言；唯謹爾。

② 朝，與下大夫言，侃侃[3]如也；與上大夫言，誾誾[4]如也。君在，踧踖[5]如也，與與[6]如也。

③ 君召使擯[7]，色勃[8]如也，足躩[9]如也，揖所與立，左右手，衣前後，襜[10]如也。趨進，翼如也。賓退，必覆命曰："賓不顧矣。"

❹　入公門，鞠躬[11]如也，如不容。立不中門，行不履閾[12]。過位，色勃如也，足躩如也，其言似不足者。攝齊升堂，鞠躬如也，屏氣似不息者。出，降一等，逞顏色，怡怡如也；沒階，趨進，翼如也。復其位，踧踖如也。

❺　執圭[13]，鞠躬如也，如不勝。上如揖，下如授，勃如戰色，足蹜蹜[14]如有循。享禮[15]，有容色；私覿[16]，愉愉如也。

注釋

1. 其：指孔子。
2. 便便（pián）：明白而流暢。
3. 侃侃：從容而輕鬆的樣子。
4. 誾誾（yín）：正直而恭敬的樣子。
5. 踧踖（cù jí）：恭敬而惶恐的樣子。
6. 與與：行步安祥的樣子。
7. 擯：同儐，接待外賓的儐相。
8. 勃：莊重的樣子。
9. 躩（jué）：快走的樣子。

10. 襜（chān）：整齊的樣子。

11. 鞠躬：雙聲字，謹慎恭敬的樣子。

12. 閾（yù）：門檻。

13. 圭：一種玉器，上圓或作劍頭形，下方，舉行典禮的時候，君臣拿在手上。

14. 蹜蹜（sù）：腳步密而狹的樣子。

15. 享禮：享獻禮。使臣把所帶來的各種禮物羅列滿庭。

16. 覿（dí）：相見。

串講

　　開頭這幾章描寫的主要是孔子在朝廷上的儀表儀態，我們將它的內容重新排序整理如下：

　　他在宗廟裏、朝廷上，有話便明白而流暢地說出，只是說得很少就是了。上朝時，如君主不在，他同下大夫說話，是從容而輕鬆的樣子；同上大夫說話，是正直而恭敬的樣子。君主在時，他便顯出恭謹而內心惶恐的樣子和行步安祥的樣子。

　　走進朝廷的門，孔子便顯出惶恐而拘謹的樣子，好像沒有容身之地似的。站，不站在門的中間；行走，則不踩門檻。經過國君的座位時，面色便嚴肅莊重起來，腳步加快，說的話也好像中氣不足。提起衣裳的下擺往堂上走，非常恭敬謹慎、拘束自抑的樣子，屏住氣，好像不呼吸的人一樣。出來時，走下一級臺階，面色便放鬆了，很怡然自得的樣子。下完了臺階，快步往前走，便好像鳥兒舒展開了翅膀。回到自己的位置後，又顯出恭謹而內心不安的樣子。

　　魯君召他去接待外國的貴賓，他便面色矜持莊重，腳步也

快起來。向站在他兩旁的人作
揖，左邊拱拱手，右邊拱拱手，
衣裳前後一俯一仰，顯得很整
齊。快步走上前去時，好像鳥兒
舒展開了翅膀。貴賓辭別後，一
定向君主回報說："客人已經不
回頭地走了。"

孔子

　　孔子出使到外國，舉行典禮
時，他謙恭慎重地拿着圭的樣
子，就好像是圭太沉他拿不起來
似的。向上舉好像在作揖，往下拿好像在交給別人。面色嚴肅
莊重像在作戰，腳步緊湊狹窄像在沿着一條線走過。行享獻之
禮時，他和氣充盈，滿面春風。以私人身份與外國君臣會見
時，則顯得輕鬆而愉快。

評析

　　周朝貴族在宗廟、朝廷或其他重要的政治外交場合都有着
十分考究而繁瑣的禮文規範，這些禮文規範和具體的作派在
《儀禮》和《禮記》中都有很詳盡的記載。它們是貴族們的等級
身份和政治角色的定位及昭示，對不同等級的貴族們在各種公
開場合的言行舉止起着整飭、規約和威懾的作用，因而具有很
重要的政治象徵意義。另外，它們也是顯示貴族們的道德修
養、禮文教養乃至政治態度的重要方式。

　　魯襄公二十一年，襄公和晉侯、齊侯、宋公、衛侯、鄭
伯、曹伯、莒子、邾子在商任會見，齊侯和衛侯在朝會時表現

得不恭敬。晉國的大夫叔向說：“這兩個國家必然不免於禍難。諸侯朝會，這是常規禮儀。禮儀是政事的車子，政事是身體的寄託。輕慢禮儀，政事就會有錯失；政事錯失，就難於立身處世。這樣，就會發生禍亂。”果然，四年以後，齊侯被弒；五年以後，衛侯被弒。這個故事說明了禮文儀表在禮制政治中所可能起到的重要作用。

孔子是個一心恢復周朝禮制的理想主義者，對待自己在朝廷上的禮儀作派自然絲毫不敢馬虎從事。因此，我們可以將他的禮文儀表看作是對當時貴族禮文規範的真實呈現。

⑧　食不厭精，膾不厭細。食饐而餲[1]，魚餒[2]而肉敗，不食。色惡，不食。臭惡，不食。失飪，不食。不時，不食。割不正，不食。不得其醬，不食。肉雖多，不使勝食氣[3]。唯酒無量，不及亂。沽酒市脯不食。不撤薑食，不多食。

⑩　食不語，寢不言。

⑪　雖疏食菜羹，必祭，必齊如也。

注釋

1. 饐（yì）而餲（ài）：食物經久而腐臭。
2. 餒（něi），敗：魚腐爛叫餒，肉腐爛叫敗。
3. 食（sì）氣：飯料。

串講

這幾章講的是孔子在飲食方面的講究：

糧食不嫌舂得精，魚肉不嫌切得細。

不到該吃飯的時候不吃。不是按規矩切割的肉不吃。沒有與之相配的調味醬不吃。從市上買來的酒和肉不吃。食物壞了、顏色氣味不好、或者烹調不當，均不吃。

席上的肉雖然多，吃它不超過主食。吃完後不撤除薑，但不多吃。只有酒不限量，卻不至於喝醉。

雖然是糙米飯小菜湯，也一定得祭一祭，祭的時候一定恭恭敬敬，好像齋戒了一樣。

吃飯的時候不交談，睡覺的時候不說話。

評析

周禮對日常行為的規範化要求涉及到當時人們生活的各個方面，其程式化、形式化的程度超乎現代人的想像。這裏記錄的是孔子日常飲食中講究禮儀的一小部分內容，可以想像，實際情況一定還要繁瑣複雜得多。尤其是在某種特殊的日子，比如說齋戒日，或者參加各種飲宴活動的時候，他的講究要更為細緻一些。可以說，周禮的制約是深入到了個人生活的每一個角落的。這使得人們一舉手一投足都不得不按禮文的要求來做，所謂規行矩步，以此顯示自己的禮文教養。今天看起來，如此面面俱到、無微不至的禮儀講究未免太過繁複瑣碎了。即使在孔子那個時代，要求人們完全做到也非常困難。事實上，當時的人們對繁文縟節就已經有些煩透了，以至於賢明知禮如齊國的名臣晏嬰，也對孔子的這一套有點忍無可忍。《史記·孔子世家》中說，齊景公準備以尼溪田封孔子，晏嬰表示反對。他說，周王朝已經衰敗了，禮樂制度的缺失也由來已久。現在這個孔子又將容止修飾之類的禮儀弄得很隆盛，將進退俯仰、趨止登降的禮節弄得很繁瑣，以至於一輩子也無法窮盡他的學說，一年也學不會他的禮節。君主如果要用它來改造齊國的習俗，實在不是一種以關懷民眾的生活為首務的做法。齊景公於是疏遠了孔子。

今天孔子的這一套自然更是過時了，但是孔子的禮儀講究中所體現出的文明尊貴信念，還是不會過時的。即使在現代人的日常生活中，具備一定的禮儀教養，也是一個人具有人格尊嚴的一個重要標誌。

① 孔子於鄉黨[1]，恂恂[2]如也，似不能言者。

⑬ 鄉人飲酒，杖者出，斯出矣。

⑮ 問人於他邦，再拜而送之。

⑰ 廄焚，子退朝，曰："傷人乎？"不問馬。

㉒　朋友死，無所歸，曰："於我殯。"

㉕　見齊衰[3]者，雖狎，必變。見冕者與瞽者，雖褻，必以貌。凶服者式之[4]；式負版[5]者。

㉖　升車，必正立，執綏。車中，不內顧，不疾言，不親指。

注釋

1. 鄉黨：地方上，鄰里。
2. 恂恂（xún）：恭順的樣子。
3. 齊衰（zī cuī）：古代用粗麻布做成的喪服。
4. 式：同軾，用作動詞，以手扶軾的意思。
5. 版：國家圖籍。

串講

孔子在本鄉的地方上非常恭順，好像不會說話的樣子。

行鄉飲酒禮之後，要等老年人都出去了，自己才出去。

託人給在外國的朋友問好送禮，他要向受託者行兩次拜謝禮，並且送行。

馬棚失了火，孔子上朝回來，說："傷了人嗎？"不問馬的情況。

如果朋友去世了，沒有負責收殮的人，孔子便會說："喪葬由我來料理吧。"

孔子上車，一定先端正地站好，拉着扶手帶，再登車。在車中，不向內回顧，不很快地說話，不用手指指畫畫。看見穿齊衰孝服的人，即使關係極親密，也一定改變神態以表示同情。看見戴着禮帽的人和瞎了眼睛的人，即使是平日關係很隨便的，也一定有禮貌。遇見拿着死人衣物的人，便把身體微微向前一俯，手伏在車前的橫木上，表示同情。遇見揹負着國家圖籍的人，也手伏車前橫木以示意。

評析

在這幾章中，我們看見了一個在地方生活及社會交際中的孔子。這位老先生重禮節，有教養，謙恭和善，重朋友交情，有仁愛之心，為人處事有分寸，知輕重，不苟且，自尊而敬人，和藹可親而又令人肅然起敬……總之是一位為人師表、以德風人的彬彬老者。可以想像，地方上有這麼一位德高望重的老人，其民風也不會不受其影響而歸於純正。而孔子之所以為人處事如此一絲不苟，大概也與他一貫的君子立德以服人的風教理念有關吧？《論語》中記載，他有一次表示想到九夷去居住。有人說：那地方很簡陋，如何能住？孔子回答說：君子去那裏居住，還有什麼簡陋可言？（《子罕》）言下之意，也就是說，有君子居住的地方，民風民俗必然會受到良好的影響，而逐漸成為一個文明美好、令人欽羨的地方。

不過在今天的城市社區生活中，人們像蜂蟻一樣擁擠在一起，卻又互相隔絕，彼此陌生，老死不相往來，因此社區的文明秩序和安寧環境，恐怕只能有賴於全社區居民的整體教養水平。否則即使有一個兩個孔老夫子住進來，人人視而不見，其嘈雜混亂、不知文明教養為何物的情況，大概也是無從得到改善的。

先進第十一

① 子曰："先進¹於禮樂，野人²也；
後進於禮樂，君子³也。如用之，則吾從
先進。"

注釋

1. 先進：先進修、先學習。
2. 野人：在野的士人。
3. 君子：世襲貴族的子弟。

串講

　　先學習禮樂然後才做官的，是沒有過爵祿的在野士人；先
有官位然後才學習禮樂的，是世襲卿大夫的子弟。如果要我選
用人才，我會選先學習禮樂的士人。

評析

　　這段話表達了孔子的用人思想。根據傳統禮制，能進入統
治階層成為各級官員的人只能是貴族社會的成員，這些人也就
是所謂君子。而就孔子所處的時代而言，這種狀況已經被破壞
了。許多沒落貴族流落社會下層，成為下層社會中的文化人
士。文化特權和文化專制的局面已經不復存在。更多的自由民
通過學習和修養成為有所專長或德才兼備的有用之才。這也就
是所謂士階層的興起。而春秋時期天下大亂各自為政的局勢，
又使得各諸侯國的統治者們野心與危機感並存，從而迫切需要
從士階層中選拔有用之才為己所用，以壯大自己的軍事、政治

勢力，或圖自保，或圖擴張。孔子的這一用人思想，可說是對這一現實作出的積極反應。當然，這與孔子自己也是個先進於禮樂的在野之士有關。在他心目中，這樣的士人在才智德能上顯然要遠高於那些世襲貴族出身的君子。

也正是基於這樣一種人才觀，孔子在教育思想上才突破了傳統禮制的文化特權制度，而提出了"有教無類"、"獎掖進取"的思想。有一條記載說，互鄉這個地方的人不好說話。一次，這個地方的一個少年受到孔子的接見，弟子們感到很困惑。孔子便對他們說：我們贊成他們的進步，不贊成他們的退步，何必做得太過分呢？一個人純潔自身以求進取，我們就該贊成他的進取，而不應守着對他過去的成見不放。（《述而》）這個故事大體上可以看作是孔子這一思想的注腳。

我們也許沒必要過於寬泛地理解孔子的這一思想，畢竟他對"愚民"是並不懷有禮樂文化教育意識的。但他將教育權利賦予任何一個有條件、有能力、有心志學習的人，並主張優先從這樣的人中選拔有用之才，這一思想對於後世文化權利的普及和科舉體制的建立是具有理論奠基意義的。

⑲　　子曰："回也其庶[1]乎，屢空[2]。賜不受命[3]，而貨殖[4]焉；億[5]則屢中。"

注釋

1. 庶：差不多。

2.空：窮得無路可走。

3.不受命：不安於求道。

4.貨殖：做買賣。

5.億：揣測。

串講

孔子說："顏回的學問道德大概差不多了，可是常常弄到窮困不堪。子貢不安心求道而去經商，囤積投機；揣測市場行情卻常常猜得很準。"

評析

這是孔子眼中的兩個大弟子，其中尤以對子貢的評說包含着複雜的感情。孔子對子貢是很器重的，說他是廟堂之器，（《公冶長》）說他通情達理，從政當官是一點問題也沒有。（《雍也》）有一年，齊將伐魯，孔子知道後，叫來他的幾個大弟子，讓他們出來為魯國做點事。當時，子路挺身而出，被孔子擋住了。子張、子石又先後請求出行，孔子也沒同意。然後子貢請求讓他去，孔子才同意了。

這是一次相當艱難的出行。子貢先後到了齊國、吳國、越國、晉國，奔走周旋於各個野心勃勃的諸侯之間，曉之以大義和利害關係，兼為出謀畫策。其結果是，吳國出兵大敗齊軍，晉國又打敗了吳國軍隊，越國則乘虛而入，終於滅吳，而魯國則置身事外，得以保全。所以司馬遷讚道："子貢一出，存魯，亂齊，破吳，強晉而霸越。子貢一使，使勢相破，十年之中，五國各有變。"（《史記·仲尼弟子列傳》）其折衝尊俎、縱橫捭闔的能力，決不遜於後來戰國時期的張儀、蘇秦。

後來，子貢在衛國做官，並在曹國、魯國之間做生意，最終成為巨富。史書上說他經商的車馬絡繹於途，“所至，國君無不分庭與之抗禮”。所以司馬遷說：“使孔子名佈揚於天下者，子貢先後之也。此所謂得勢而益彰者乎？”（《史記·貨殖列傳》）子貢不僅富貴甲天下，而且在推崇和傳揚孔子及其學說方面可說是立下了大功。

子貢在孔子生前即有賢於孔子之名，而他自己則極力反駁這種說法，為維護孔子的崇高威望而不遺餘力。孔子死後，弟子們服了三年喪之後灑淚而別，只有子貢一個人築屋於孔子墓旁，守了整整六年才離去。（《史記·孔子世家》）孔子能有顏回和子貢這樣忠心崇信的弟子，他能不是個聖人嗎？

㉔　季子然[1]問：“仲由、冉求可謂大臣與？”子曰：“吾以子為異[2]之問，曾[3]由與求之問。所謂大臣者，以道事君，不可則止；今由與求也，可謂具臣[4]矣。”曰：“然則從之者與？”子曰：“弒父與君，亦不從也。”

注釋

1. 季子然：可能是季氏的同族人。
2. 異：指別的人。
3. 曾：乃、竟。
4. 具臣：有才幹的臣子。

串講

　　季子然問孔子：仲由和冉求可以說是大臣嗎？孔子說："我以為你是問別人呢，原來是問仲由和冉求呀。所謂大臣，就是要以道義來事奉君主，如果做不到，就寧可辭職不幹。像仲由與冉求這兩個人，可以說是具有相當才能的臣屬了。"季子然又問道：那麼他們就是順從的人了？孔子說："殺父親和殺君主的事情，他們也不會順從的。"

評析

　　這一章看起來是孔子論政才，但他心目中的所謂"大臣"，實際上是帝王之師。所謂"以道事君"，其實質是要以意識形態權威的身份對帝王的統治進行監控和指導。如果帝王不肯聽從這樣的監控與指導，則拂袖而去。這樣的"臣道"，實際上是孔子學說中現實權力與意識形態權力二分理念在君主體制中的應用。就此而言，子路和冉有不僅做不到以道事君，而且離這一要求實在還差得太遠。比如冉有給季氏做管家。季氏要去祭祀泰山，是僭用了天子之禮。因此孔子對冉有說：你不能阻止他嗎？冉有竟斷然回答說：不能。（《八佾》）後來，季氏要攻打顓臾，當時在季氏手下做事的冉有和子路都沒能阻止他，也受到了孔子的責備。（《季氏》）所以，當有一次孟武伯問孔子，子路是否已經具備了仁德時，孔子說：仲由嘛，一個有千輛兵車的國家，可以讓他管理兵役和軍政事務。至於是否已經具備了仁德，我不知道。孟武伯又問冉求怎麼樣。孔子說：冉求嘛，一個有千戶人家的城邑，或者一個有百輛兵車的大夫封地，可以讓他任總管。至於他是否已經具備仁德，我不知道。（《公冶長》）孔子言下之意，實際上是說他們還沒有具備仁德。而這樣的人，顯然是不足以擔當起孔子所希望的“以道事君”的重任的。

　　但是看得出，孔子對這兩個弟子的政治才幹還是很欣賞的。除這段話裏已表示了這樣的肯定外，有一次季康子問孔子：子路可以讓他治理政事嗎？孔子回答說：仲由為人果斷，治理政事有什麼幹不了呢？又問冉求。孔子說：冉求多才多藝，治理政事有什麼幹不了呢？（《雍也》）也對他們的從政能力表示了推許。尤其重要的是，即使他們沒有達到以道事君的境界，但他們也不會是毫無原則的政客。當最高道義和政治權力發生衝突時，他們還是會毫不猶豫地站在最高道義一邊的。

　　對於一個政治家來說，即使在今天，能做到這一點也算是不容易了吧？

㉖　子路、曾皙[1]、冉有、公西華侍坐。

子曰：“以[2]吾一日長乎爾，毋吾以也。居則曰：‘不吾知也！’如或知爾，則何以[3]哉？”

子路率爾[4]而對曰：“千乘之國，攝乎大國之間，加之以師旅，因之以饑饉，由也為之，比[5]及三年，可使有勇，且知方也。”

夫子哂之。“求，爾何如？”

對曰：“方六七十，如[6]五六十，求也為之，比及三年，可使足民。如其禮樂，以俟君子。”

“赤！爾何如？”對曰：“非曰能之，願學焉。宗廟之事，如會同，端章甫[7]，願為小相[8]焉。”

“點！爾何如？”鼓瑟希，鏗爾，舍瑟而作[9]。對曰：“異乎三子者之撰。”子曰：“何傷乎？亦各言其志也。”曰：

“莫[10]春者，春服既成，冠者[11]五六人，童子六七人，浴乎沂[12]，風乎舞雩[13]，詠而歸。”夫子喟然歎曰：“吾與點也！”

三子者出，曾晳後。曾晳曰：“夫三子者之言何如？”子曰：“亦各言其志也已矣。”

曰：“夫子何哂由也？”曰：“為國以禮，其言不讓，是故哂之。”

“唯求則非邦也與？”“安見方六七十，如五六十而非邦也者。”

“唯赤則非邦也與？”“宗廟會同，非諸侯而何？赤也為之小，孰能為之大？”

注釋

1. 曾晳：名點，曾參的父親，也是孔子的學生。

2. 以：用。

3. 何以：幹什麼。

4. 率爾：不假思索地，很快地。

5. 比：等到。

6. 如：或者。

7. 端章甫：端，古代禮服之名；章甫，古代禮帽之名。

8. 相：司儀，讚禮之人。

9. 作：站起來。

10. 莫：同暮。

11. 冠者：成人。

12. 沂：水名。源出山東鄒縣東北，西流經曲阜與洙水合，入
　　於泗水。

13. 舞雩：魯國求雨祭天的高臺。

串講

　　子路、曾皙、冉有、公西華四個人陪孔子坐着。

　　孔子說："因為我比你們老，沒有人用我了。你們平時總
是說沒人知道你們，假如有一天有人知道你們了，請你們出去
做事，你們將怎麼做呢？"

　　子路脫口而出回答道："如果有一個擁有一千輛兵車的國
家，處於周圍幾個大國的威脅之下，外有軍隊侵犯它，內又發
生了饑荒，我來治理它，只要三年光景，就可以使民眾勇敢振
作，並且懂道理。"

　　孔子聽了微微一笑，又問冉求會怎麼做。冉求回答說：
"如果有一個疆土縱橫六七十里或五六十里的小國家，我來治理
它，只要三年光景，就可以使民眾富足。至於禮樂教化，則只
有等待賢人君子來推行了。"

孔子又問公西華會怎麼做。公西華答道："我不敢說自己能幹什麼，只能說我願意學着做。比如宗廟祭祀或者外交會盟這類事情，我願意穿着禮服，戴着禮帽，做一個小司儀。"

孔子又問曾點。曾點正在彈瑟，琴聲漸弱，已接近尾聲。只聽他鏗地一聲結束樂曲，然後把瑟放下，站起來說："我的志向和他們三位的不同。"孔子說："有什麼關係呢？不過談談各自的志向而已。"於是曾點說："我的志向是，在暮春時節，穿上做好的春服，約上五六個成年人，六七個少年，在沂水旁邊洗洗澡，在舞雩臺上吹吹風，然後一路唱着歌歸來。"孔子長歎一聲說："我贊同曾點的志向。"

談完後，子路、冉有、公西華三人都出去了，曾點走在最後面，他問孔子對他們三人的話怎麼看，孔子說："不過是各自談談志向罷了。"曾點說："那您為什麼要笑仲由呢？"孔子說："治理國家應該講究禮讓，他出言不遜，所以我笑笑他。"

曾點說："那麼冉求講的就不是國家嗎？"孔子答道："怎見得縱橫六七十里或五六十里的土地就不是國家呢？"

曾點又問："那麼公西華所講的不是國家嗎？"孔子說："他講宗廟祭祀、外交會盟，不是國家大事又是什麼？如果公西華只能做小司儀，那麼誰還能做大司儀呢？"

評析

這是《論語》中最為有名的一段師生對話了。在這段對話裏，我們可以看到子路的率直、曾點的瀟灑和孔子的輕鬆與寬和。但它之所以千百年來為後人所津津樂道，則不僅因為它呈現了孔子和他的幾位弟子鮮明生動的形象，使人們千百年之下，依然仿佛對坐於旁，如沐春風，如觀勝景，而且也因為它所呈現的孔子的形象，大不同於人們心目中的那個知其不可而為之的、積極入世的既定形象，似乎孔子最渴望的人生，倒是優遊林泉、超然物外、回歸自然的閒適人生，看起來不大像孔子，倒有點像莊子了。

但其實這還是對孔子瞭解不深之故。孔子的社會理想是王道之治，聖王以德臨天下，天下翕翕然而歸化之。在這樣的治平之世，居上位的統治者，就算是想有所作為，也沒有什麼可為之事。而處於社會下層的廣大民眾，則更是人人安居樂業，無生老病死之虞。在孔子心裏，如果能親眼見到，並且悠悠然生活於這樣的社會之中，他一生的心願也就了了。曾點之言，觸及的正是他內心深處的這份嚮往，因此他才欣然認同。所以，我們在這裏看到的並不是孔子的另一面，而是一個真正的、真實的孔子。他的心裏深藏着的，只是一個天下太平無事的烏托邦。

孔子心中的這個烏托邦，如果用現在時髦的話來說，也許說得上是"詩意地棲居"了吧？

顏淵第十二

① 顏淵問仁。子曰：“克¹己復²禮為仁。一日克己復禮，天下歸仁焉。為仁由己，而由人乎哉？”顏淵曰：“請問其目³。”子曰：“非禮勿視，非禮勿聽，非禮勿言，非禮勿動。”顏淵曰：“回雖不敏，請事斯語矣。”

注釋

1. 克：克制。
2. 復：返回。
3. 目：綱目，具體的做法。

串講

　　顏淵問孔子什麼是仁德。孔子說：“抑制自己的慾望，使言行合於禮就是仁。一旦做到這樣，天下人就都會稱許你是仁人。要做到仁全憑自己，難道還要靠別人嗎？”顏淵希望孔子教給他具體的行動綱領。孔子對他說：“不符合禮的事不去看，不符合禮的話不去聽，不符合禮的話不去說，不符合禮的事不去做。”顏淵說：“我雖然遲鈍，但也一定要按照這樣的話去做。”

評析

這段話裏有孔子關於仁德的一個非常著名也非常重要的定義，那就是"克己復禮為仁"。不過這句話也許是古已有之的成語，因為《左傳》昭公十二年引用孔子的話說："仲尼曰：'古也有志："克己復禮，仁也。"信善哉！'"似乎孔子這句話是引自古逸書上的。不過不管怎麼說，這句話已經成為儒家道德修為的一個綱領性的命題。能做到道德自律而處處合乎禮義，你也就是個仁人了。

顏淵

為什麼呢？因為禮是外在制約，而仁德不能由外在制約性的禮強加於人。因此，必須自己發自內心地服膺於仁德，並且由於這種心不逾德、心德一體，而使禮的制約轉化成一種由內而外的、仁德外化的呈現——當然同時也就使禮得到了充分的道德化的確證——這樣的人，才會成為天下公認的仁人。

不用說，要做到這一點相當難，因此顏淵希望知道如何通過具體的實行來達到這樣的境界。孔子的四句話其實就是一個基本的行為原則：讓自己的所有行為都符合禮制。在禮制已經不存在的現代社會，這樣的要求似乎已經沒有意義了。但是，讓自己的行為盡量符合文明教養，還是可以而且應該做到的。

❷　仲弓問仁。子曰：“出門如見大賓；使民如承大祭；己所不欲，勿施於人。在邦無怨，在家[1]無怨。”仲弓曰：“雍雖不敏，請事斯語矣！”

注釋

1. 家：貴族采邑，城邑。

串講

　　仲弓問孔子什麼是仁德。孔子說：出門好像去會見貴賓，役使百姓好像去舉行大祀典。自己所不喜歡的，不要強加於別人。在朝廷做官時不讓人怨恨，在城邑做官時也不讓人怨恨。

　　仲弓說：“我雖然遲鈍，但也一定要按照這樣的話去做。”

評析

　　這是孔子對另一個弟子談到的仁德。我們知道，孔子施教，因人而異，其原則便是針對其性格特點和人格弱點進行道德化糾偏。但是無論如何，這也使我們得以從不同的角度和不同的層面瞭解孔子道德理念的豐富內涵。這裏對仲弓談的仁德，主要是恭謹自律，慎重為人，勤懇工作，善待別人。似乎是有意針對那些傲慢不遜而又喜歡苛責於人的人而言的。而當司馬牛問仁德時，孔子就只是簡單回答道：仁人，他說起話來就遲緩。司馬牛說：說話遲緩就可以說是仁了嗎？孔子說：做起來不容易，說起來能不遲緩嗎？（見本篇）而據《史記・仲尼弟子列傳》上說，司馬牛就是個"多言而躁"的人。

另外還有，當樊遲問仁德時，孔子的回答是：有仁德的人先付出努力，然後收穫，可以說就是仁德了。（《雍也》）還有一次樊遲問孔子如何提高自己道德的問題時，孔子作出了幾乎一模一樣的回答。（見本篇）大概樊遲這人，總愛動些不勞而獲的心思也未可知。

當然，在孔子回答弟子們的問仁時，有些話大概也表述了關於仁德的一般性原則。比如有一次樊遲問仁，孔子的回答就是：愛人。（見本篇）"仁者愛人"便被認為是仁德中的一個基本精神。在孔子的德治學說中，它尤其被認為是一項重要的政治道德，所謂"王者愛及四夷，霸者愛及諸侯，安者愛及封內，危者愛及旁側，亡者愛及獨身"（《春秋繁露・仁義法》）。不用說，這是一種由上及下的關愛，是一種有道德的居上位者應具的愛心。當然也是基於等級體制理念的、一種統治者、居上位者施惠於下、施恩於民的德治方式。因此，我們有必要認識到這種仁愛理念中並不包含平等的、人人互愛的博愛含義。即使從一般道德原則的角度上理解它，所謂仁者愛人，也表現出一種居高臨下的精神上、道德上和人文上的優越感，即所謂士君子之愛（參閱《荀子・子道》），與現代公民社會人人應具的愛心理念還是有着本質的區別的。

7 子貢問政。子曰："足食，足兵[1]，民信之矣。"子貢曰："必不得已而去，於斯三者何先？"曰："去兵。"子貢曰："必不得已而去，於斯二者何先？"曰："去食。自古皆有死，民無信不立。"

注釋

1. 兵：指軍備，軍事力量。

串講

子貢問怎樣治理國家，孔子說："糧食充足，軍備充足，人民信任。"子貢問："如果迫不得已要在糧食、軍備和民眾信任這三者中去掉一個，先去掉哪一個呢？"孔子說："去掉軍備。"子貢又問："如果還必須去掉一個，那該去掉哪個？"孔子回答說："去掉糧食。自古以來誰都會死，但是如果人民沒有了信念，就會成為一盤散沙。"

評析

孔子在這裏講述了他的治國原則。足食、足兵，比較好理解，其意大抵相當於今天所謂國強民富的政治理念。問題在於"信"。這個信，依前面的文意是相信、崇信的意思。相信、崇信什麼呢？一般人認為，國家軍事力量強大，經濟富足發達，人民自然就會對政府有信心。因此這裏的信是相信、信任政府的意思。但是後一"信"字據文意，則應該是信念的意思。如果依然解作對政府的信心、信任，那麼一個國家完全沒有軍備和糧食，其人民只能餓死或被別人殺死，卻要求人民信任它或對它有信心，似乎也太勉強、太不合情理了。因此孔子的意思應該是說，即使國家的軍備、糧食已盡，而這個國家的人民卻是一個有信念乃至有信仰的、頂天立地的民族，那麼國家還是可以依賴於他們重新建立起來的。這樣，前面所謂相信、崇信的對象也就好理解了。人民相信、崇信的，是這個政府所秉承的治國理念和社會理想。人民不僅在國家做到了國強民富的時候會崇信這個理念和理想，而且在國家落到了國弱民貧地步的時候，也依然崇信這樣的理念和理想可以使他們建設起一個國強民富的國家。這就是信仰的力量。在孔子看來，一個沒有信仰的民族根本沒有尊嚴可言。因此，一個國家的人民，無論在什麼條件下，無論貧富強弱，首先必須一以貫之地具有這樣的信念和信仰。只有這樣，這個民族才能真正自立於這個世界，才能在任何情況下都屹立不倒，才能可亡而不可屈。

　　簡言之，孔子認為，國家以民為本，而民以信仰為本。

⓫　齊景公問政於孔子。孔子對曰："君君[1]，臣臣，父父，子子。"公曰："善哉！信如[2]君不君，臣不臣，父不父，子不子，雖有粟，吾得而食諸？"

注釋

1. 君君：君要像個君的樣子。
2. 信如：假如。

串講

　　齊景公向孔子請教治理國家的道理，孔子回答說："君有君德，臣有臣德，父有父德，子有子德。"景公說："說得真好。確實，如果君不像君，臣不像臣，父不像父，子不像子，那麼即使糧食再多，我們能吃得着嗎？"

評析

　　齊景公時，國家政治體制已經失控。權臣陳氏厚施於民，以籠絡人心。景公自己寵愛嬖妾，而欲廢太子以立庶子。朱熹說他是"君臣父子之間，皆失其道"。因此孔子這樣回答，是有具體針對性的。（《集注》）但孔子對齊景公說的這番話，也可說是禮制社會的綱領，因此歷來受到禮教道學的高度重視。

　　孔子的理想是建立一個秩序井然、和諧共生的治平社會，這就要求不同階層的每個人都能各守本分，各盡其責，自覺成為這種普遍的和諧中的一個有機構成因素。因此，孔子這段話之所以重要，是因為它直接涉及到了禮制的倫常核心與道義核心，即以忠、孝為本的尊卑意識、親疏關係、等級制度和社會秩序。這個最根本的社會關係一旦失範，支撐整個禮制社會的架構就會崩潰、倒塌。事實上，任何社會的倫理關係都是相對而言的。君主不像個君主，臣子自然也就不會像個臣子了。其他關係也一樣。一個人不能以正確的道德態度對待他人，他實際上也就是在使別人不以正確的道德態度來對待他。現實生活中，因自己的行為失範而自取其辱、自食其果的事還少嗎？

❷❸ 子貢問友。子曰：＂忠告而善道[1]之，不可則止，毋自辱焉。＂

❷❹ 曾子曰：＂君子以文會友；以友輔仁。＂

注釋

1. 道：這裏指勸告、勸導。

串講

　　子貢問交友之道，孔子說，對待朋友要忠言相告，好好勸導，如果他不聽那就算了，以免自取其辱。

　　曾子說：君子以文章學問來會聚朋友，用朋友來幫助自己培養仁德。

評析

　　禮治社會講究等級秩序、互存共生、各守本分，因此各種社會關係、人際關係組成了這一社會機制系統運作的重要內涵，其中最重要的有所謂五倫之說，即君臣、父子、夫婦、兄弟、朋友五種關係。朋友關係是最為社會化的倫常之一，因此

也成為儒家人際關係學說中非常
重要的一個主題。孔子和他的弟
子們都多次討論過這個問題。

孔子故宅

就孔子而言，他最重視的大
概是以德交友。他曾經對子路說
過，作為士君子，朋友之間應該
互相批評。（《子路》）他對子貢
說的話，表達的也正是這一意
思。以德交友，並不是強求朋友
達到什麼樣的道德水平，而是以道德的共同培養為交友的基本
內容。如果做不到，則朋友不交也可以，但犯不着苛求於人。
將關係弄僵了，反而自討沒趣。

孔子還說過："道不同，不相為謀。"（《衛靈公》）而曾子
的以文會友，實際上也是以道交友的意思。就是說，以共同的
求道志向和人生追求為基礎來交朋友，這是君子之交的一個基
本原則。不過，孔子的另兩個弟子子張和子夏對於交友的原則
卻有不同看法。子夏說：可以交的就交，不可交的就拒絕。大
體上還是交友以德的意思。而子張卻主張以一種更寬容的心態
交友。他認為，一個人如果足夠好，就應該能容納各種人。如
果不好，則別人就會拒絕他，他怎麼還能去拒絕別人呢？（《子
張》）這些想法與孔子的想法都有些距離，因為孔子說：有益的
朋友有三種，有害的朋友也有三種。同正直的人交朋友，同講
信用的人交朋友，同廣聞博見的人交朋友，便有益。同逢迎諂
媚的人交朋友，同表面溫順背後陰險的人交朋友，同花言巧語
的人交朋友，便有害。（《季氏》）可見孔子是很強調交友的原

則性的。但孔子弟子的交友觀念，也可以作為我們理解孔子思想的參考。

子路第十三

❸ 　子路曰：“衛君¹待子而為政，子將奚先？”子曰：“必也正名²乎！”子路曰：“有是哉，子之迂也！奚其正？”子曰：“野哉，由也！君子於其所不知，蓋闕如³也。名不正，則言不順；言不順，則事不成；事不成，則禮樂不興；禮樂不興，則刑罰不中；刑罰不中，則民無所措手足。故君子名之必可言也，言之必可行也。君子於其言，無所苟而已矣。”

注釋

1. 衛君：一般認為是衛出公輒。
2. 名：名稱、名義、名分；言辭、用語。
3. 闕如：闕同缺，指存疑。

串講

　　子路問孔子：“如果衛君等着您去治理國政，您打算先幹什麼？”

　　孔子說：“那我一定是先糾正混亂的名分用詞吧。”

　　子路說：“是這樣的嗎？您可真是迂得很哪。這有什麼可糾正的？"

孔子說："你太粗野了，仲由！君子對他所不懂的事情，一般採取保留的態度。我告訴你吧，名分的用詞不正確，說話就不能順理成章；說話不順理成章，事情就辦不成；事情辦不成，國家的禮樂制度也就運行不起來；禮樂制度運行不起來，刑罰也就不會得當；刑罰不得當，百姓就會惶惶不安，不知如何是好。所以君

子路

子用一個詞就一定要言之成理，言之成理就一定施行得了。所以君子對自己的措辭說話，沒有一點馬虎才行。"

評析

在這一次對話裏，子路的魯莽粗率可說躍然紙上。但重要的不是子路因此而遭到了孔子的嚴辭斥責，而是孔子借此而表達的正名思想。

正名的問題，是個用詞必須雅正，必須符合禮制規範的問題。表面上看起來，它只是涉及到一個人的詞學知識和詞學修養，但實質上，它關係到整個禮制是否能夠成立，是否能夠正常運作，是否能夠達到有效的社會管理和社會治理目的。它的意義，正和貴族階級要分為公、侯、伯、子、男五個爵位一樣，沒有這五等不同的名分，貴族社會的等級秩序和禮制結構就不復存在了。而所謂名，正是用來昭示這種禮制名分的。

《左傳》成公二年記載，衛國要把城邑賞給大夫仲叔于奚，獎勵他打了勝仗。仲叔于奚辭謝了城邑，卻請求得到只有諸侯

才能享用的三面懸掛的樂器，並用繁縟裝飾馬匹的諸侯之禮，朝見衛侯，衛侯允許了。孔子聽說後，說：可惜呀，還不如多給他城邑。惟有器物和名號不能借給別人，這是國君所掌握的。名號用來顯示信義，信義用來持守器物，器物用來保存禮制，禮制用來施行義理，義理用來產生利益，利益用來治理民眾，這是建制施政的關鍵所在。如果將它借給別人，就是將政權給了別人。政權失去了，國家就會跟着失去，這是沒法阻止的了。

《韓詩外傳》卷五上說，有一天，孔子正陪着季孫坐着，季孫的管家進來通報說：君主派人來借馬，給他嗎？孔子說：我聽說，君上臣這兒拿東西叫做取，不能說借。季孫明白過來，趕緊叫住管家說：從今往後，君主需要什麼東西要說取，不可說借。孔子說：糾正借馬之言，而君臣之間的大義也就得到了確定。

由此看來，正名對於維護禮制確實有很重要的作用。當然，今天來看，孔子所正之名也就是所謂權力話語。話語是虛，權力是實。是權力使話語顯示為一種話語權，而話語權是不平等的。那麼，在什麼情況下可以要求話語權的平等呢？人類社會永遠不可能有絕對平等的權力和權利，但是在一個現代公民社會中，公民的基本權利的平等是可以做到的。這些基本權利包括思想的權利，當然也包括說出這些思想的話語的、言論的權利。不過，這似乎也只是個永遠無法達到的理想狀況。孔子於九泉之下如有知，不知該作何評說。

④　樊遲¹請學稼，子曰：“吾不如老農。”請學為圃²，曰：“吾不如老圃。”樊遲出，子曰：”小人哉，樊須也！上³好禮，則民莫敢不敬；上好義，則民莫敢不服；上好信，則民莫敢不用情。夫如是，則四方之民，繦負其子而至矣；焉用稼？”

注釋

1. 樊遲：孔子學生，姓樊，名須，字子遲。
2. 為圃：種菜。
3. 上，居上位的人。

串講

　　樊遲向孔子請求學習種莊稼，孔子說：“在這一方面我不如老農民。”樊遲又請求學習種菜，孔子說：“在這一方面我不如老菜農。”樊遲退出去後，孔子說：“樊遲真是個小人哪。居上位的人講究禮節，老百姓就不敢不尊敬他們；居上位的人追求正義，老百姓就不敢不服從他們；居上位的人重視誠信，老百姓就不敢不真誠效勞。如果能做到這樣，四方的民眾就都會揹負着繦褓中的孩子來投靠了，哪裏還用得着親自種莊稼呢？”

評析

　　在孔子的弟子中，樊遲也許是問仁問得最多的一個了。但在這一章裏，他向孔子提出了一個奇怪的要求：學習種菜務農。說奇怪，是因為孔子雖然多才多藝，但似乎也並未當過農民，或學過農藝。他立教傳道的基本理念和教學實踐，按理來說也不至於引起學生這樣的誤解。樊遲為什麼突然提出這樣一個要求，看來只能是個無解的謎了。

　　當時孔子顯然很不高興，大概對於弟子會突然提出這樣一個請求也毫無思想準備，因此除了不快地說一句"我不如老農"外，一時也不知說些什麼好。只是到樊遲退出去後，他才理清了自己的思想，系統地表達自己對樊遲這一請求的看法。

　　對於我們來說重要的是，這雖然是批評樊遲的一番話，但實際上也是孔子禮治思想、王道思想的一次經典表達。它涉及到禮制的政治制約作用：禮制的尊卑等級嚴格限定了人們的行為方式與社交態度，因而全社會的民眾人人處於一種互相制約的狀態之中，而輕易不敢破壞規則、放任不遜。居上位者以威儀臨眾，以仁愛服下；居下位者以規矩自制，以恭敬從上。

　　涉及到社會公正與政治合理性在掌控社會心理、維持社會穩定中的作用：義是中國古代的社會公正、公理、正義觀念，也是禮文制度嚴格的等級結構與尊卑秩序的歷史合理性依據。失去這種建立於社會公正與社會正義之上的合理性，禮制就會蛻變為一整套殘暴的毫無人性的專制枷鎖。民眾怎麼能忍受和服從這樣一個不合理、無人性的制度呢？

　　涉及到政治道德原則在爭取民眾的信任與支持中的作用：政治誠信永遠是贏取民心、使天下民眾真心認同其政治信念的不二法寶。在這樣的理念中，民眾不被看作是純粹的利益動物，而是有理性、知好歹、有是非之心的人。他們與統治階層之間構成的互動關係的性質，是由統治者的政治道德質量和水平決定的。

而這一切的基本原則，便是統治者重禮修德，自身為聖賢，則天下無不風從。這也就是孔子一再強調的王道之治、仁德之治：所謂"其身正，不令而行；其身不正，雖令不從"；所謂"苟正其身矣，於從政乎何有（治理國政有什麼問題呢）？不能正其身，如正人何"；所謂"近者悅，遠者來"，（均見本篇）表達的都是同樣的觀點與思想。因此，孔子的理念非常清楚：人治必須是德治。制度的合理性和統治的道德性是它的兩根支柱。而不道德的人治既不可能維持長久，也不應該允許存在。

⑮　定公[1]問：“一言而可以興邦，有諸？”孔子對曰：“言不可以若是其幾也。人之言曰：‘為君難，為臣不易。’如知為君之難也，不幾乎一言而興邦乎？”曰：“一言而喪邦，有諸？”孔子對曰：“言不可以若是其幾也！人之言曰：‘予無樂乎為君，唯其言而莫予違也。’如其善而莫之違也，不亦善乎？如不善而莫之違也，不幾乎一言而喪邦乎？”

注釋

1. 定公：魯國國君，名宋。

串講

　　定公問孔子：“一句話可以使國家興盛，有這樣的事嗎？”孔子回答說：“說話不能像這樣籠統而機械。不過，人們常說：做君主很難，做臣子不容易。如果一個君主知道做君主的艱難，（那麼他自然會謹慎地去做，）這不是相當於一句話就可以使國家興盛嗎？”定公又問：“一句話就可以使國家衰亡，有這樣的事嗎？”孔子回答說：“說話不能像這樣籠統而機械。不過，也有人說：'我並不覺得做君主有什麼快樂，只有我無論說什麼話都沒有人違抗我這一點讓我快樂。' 如果他說的話正確而沒有人違抗他，那當然好。但是如果他說的話不正確也沒有人違抗他，那麼這不是相當於一句話就可以使國家衰亡嗎？"

評析

　　在這一章裏，魯定公向孔子提出了一個不大好回答的問題，因為孔子向來不信任任何危言聳聽的過甚其辭之言。但定公以君主的身份向他提出這樣一個問題，正好給了他一個機會，使他可以以一句最為簡單明瞭的

北京孔廟大成殿

話說出他關於君主專制的兩個基本理念。

　　"為君難"的理念，提示了作為最高統治者的國君，必須為履行極大的政治責任和達到極高的道德標準作好充分的心理準備。因為一個權力不受限制的君主，很可能在即位之後就以為可以輕輕鬆鬆地、隨心所欲地享受這世上的一切了。而事實上並非如此。因此如果每一個國君在登上寶座之前，都能認真領會並且牢記這一提示，他即位後能不兢兢業業、好自為之、全力以赴嗎？進而言之，一個國家能不因此而得到很好的治理嗎？

　　這裏尤其應該重視的是孔子所說的喪邦之言。孔子的警告

實際上已經指出，一個個人意志高於一切、惟我獨是的專制獨裁者，必定要將國家引向滅亡。在孔子理想的德治模式裏，君主雖然有着至高無上的權力，但他必須交出意識形態的掌控權，以使他的統治得到有效的意識形態監督和糾錯。一個權力無限而又永遠正確的雙料專制獨裁的君主，將是一個國家最大的禍根。所以，孔子的一言喪邦之說，可以說是給天下所有國家、所有君主，以及所有民眾的忠告。我們知道，無論是歷史上，還是在現代社會中，凡是無視這一忠告的國家和民族，最終都無不被帶入了深重的災難之中。

⑳　子貢問曰："何如斯可謂之士矣？"子曰："行己[1]有恥；使於四方，不辱君命，可謂士矣。"曰："敢問其次？"曰："宗族稱孝焉，鄉黨稱弟[2]焉。"曰："敢問其次？"曰："言必信，行必果，硜硜然[3]小人哉！——抑亦可以為次矣。"曰："今之從政者何如？"子曰："噫！斗筲[4]之人，何足算也！"

注釋

1. 行己：自己的行為。

2. 弟：同悌，尊敬兄長。

3. 硜（kēng）硜然：淺陋固執的樣子。

4. 筲：古代的飯筐；斗筲之人，指器量小、見識淺的人。

串講

　　子貢問什麼樣的人才能叫做士，孔子說：能夠用羞恥之心來約束自己的行為，出使國外能夠很有尊嚴地完成國君的使命，這樣的人就可以叫做士了。子貢問，次一等的士是什麼樣的人呢？孔子回答說：宗族的人稱讚他孝順父母，地方上的人稱讚他尊敬長者。子貢又問，再次一等的士是什麼樣的人呢？孔子說：那就是說話一定信實，做事一定堅決果敢，這是做事淺薄固執的小人，但也可以說是再次一等的士了。

評析

　　子貢問士，因為子貢可說是一個真正的士。他重尊嚴，知大節，明輕重，辨是非，有清醒的自我意識和分析頭腦，能以人格力量、過人膽識和真知卓見服人、服眾，因此能成大事。這些我們在前面的有關內容中都已經瞭解了。因此，當孔子回答他什麼是士時，孔子的回答幾乎就可看作是對子貢本人的精當描述。春秋戰國時期，尤其是戰國年間，中國大地上湧現出了不少這樣的士人。

　　不過，士也可以有高低上下之分。第一等可謂國士，第二等可謂名士，第三等就是一般士人了——雖然做不到以大義為重，知權宜變通之理，但能說到做到，有自守之節，所以還可說是士。在這次對話中，孔子再一次談到了羞恥意識，表明了他對這一人格基質的重視。實際上從他對三種士的描述可以看出，無論是什麼等級的士，具有羞恥意識都是起碼的品質。所以孟子說：「人不可以無恥。無恥之恥，無恥矣。」（《盡心章句上》）就是說，羞恥之心應該是每個人做人的基本前提，應該是一切道德和教養的前提。

有趣的是孔子對當政者的評價，這些人雖然出身貴族，但無才無德，恐怕連後進於禮樂者都還算不上，因此為孔子極度鄙夷之。由此可知，在孔子的社會意識中，士階層的人文地位，早已高於現行貴族階層之上了。也就是說，在孔子所考慮的禮文等級制度中，雖然依然講究尊卑貴賤、君子之治，但這些構成統治階層的所謂君子，已經與純粹的貴族血統、貴族出身沒有什麼關係了。地位本身有尊卑貴賤，但居尊貴之位者，應該按照禮文教養、道德修為的高低來重新分配，才具有歷史的合理性。如果我們的理解沒錯，這一思想在孔子的學說中，應該算得上是革命性的因素了。

㉑　子曰：「不得中行[1]而與之，必也狂狷乎？狂者進取，狷者有所不為也。」

注釋

1. 中行：行為合乎中庸之道的人。

串講

孔子說：如果得不到言行合乎中庸之道的人和他相交，那也一定要和激進的人和狷介的人相交吧！激進的人一意進取，狷介的人不肯隨波逐流。

評析

這段話不知孔子是針對什麼人而言，或者是在什麼情況下說出來的，它所表達的價值理念，在孔子的人格理念中和道德意識中似乎顯得有些突兀。孔子自己當然也能意識到其中的不諧和之處，因此他明確表示，這只是不得以而求其次的一種做法。但是孔子的這一說法很容易使人想到他另一次說的話。那是他在陳國時，有一次他感歎道："歸與！歸與！吾黨之小子狂簡，斐然成章，不知所以裁之。"（回去吧！回去吧！我那撥弟子們志向遠大，激揚進取，文采斐然，蔚為大觀，都不知如何取捨剪裁才好了。）（《公冶長》）雖然有需要約束規範的意思，但欣然讚許之情，還是溢於言表。可見孔子實際上還是相當認可狂狷之人與狂狷之行的。

孔子最反感的人其實是與狂狷者正好相反的鄉愿小人。孔子說："鄉愿，德之賊也。"（《陽貨》）這種人待人親和容讓，誰也不得罪，和所有人都一視同仁地搞好關係，什麼人也都接受他。因此，這種人能給人一種仁厚良善的道德假象。而究其實，這種人其實最無道德性可言。他的一切行為的出發點都只是自我，所作所為只是為了明哲保身，苟且於世。因此他為人處世沒有任何價值原則，沒有任何是非觀念，沒有任何美醜意識，沒有任何明確態度。"同乎流俗，合乎汙世。"（《孟子‧

盡心章句下》)其附和一切、討好一切人的做法，不僅實際上鼓勵、縱容、助長了不道德的惡人惡行、小人陋習，使其更加肆無忌憚，洋洋自得，靡然成風，而且使真正的道德境界、正人君子和堅持原則的人遭到歪曲、誤解或遮蔽。他們最為孔孟所痛恨，是可以理解的。

　　另一方面，孔子自己就是個堅持原則，推行正道不遺餘力的先行者。志在進取和有所不為，其實也正是他自己的人生寫照。而孔子也知道，要使他的人文理想終有一天得以實現，他就需要啟迪、教化更多的人來傳佈、推行、堅守和傳承他的學說和信仰，以使其最終成為天下人的共識。就此而言，他最為需要、最可倚重的也就是這樣一些志在進取和有所不為的崇信者和求道者，他們才是這個碌碌人世中，能使文明信念不至消失泯沒的中堅力量。

憲問第十四

① 子曰："有德者必有言[1]；有言者不必有德。仁者必有勇；勇者不必有仁。"

注釋

1. 言：這裏指有水平、有價值的言論。

串講

孔子說："有道德的人一定能說出有水平、有價值的言論，但是能說出有水平、有價值的言論的人不一定有道德。有仁德的人一定很勇敢，但是勇敢的人不一定有仁德。"

評析

孔子這段話講到德與言的關係、仁與勇的關係。一般來說，仁與勇的關係比較好理解。有仁德者有原則、有信念，當仁不讓，見義勇為，所以必有勇可以理解。可是有道德的人一定有言說不大好理解，因此前人有將此言解為名言的。而有道德的人一定有名言也還是有點費解，因此要理解孔子說的必有之言是什麼，就得瞭解孔子時代關於言說的兩個基本背景。

一是禮文之言的教養背景。對於周朝的貴族來說，他在正式場合的言說是他的身份和禮文教養的一個重要組成部分。這種言說所使用的語言有別於日常口語，是一種通過專門的學習而只為貴族所掌握，並且專門在正式場合使用的語言。這種語言不僅用詞要規範講究，而且所用之詞往往要通過對傳統文獻的學習才能掌握，因而裏面夾雜着大量的文本語言，是一種充分"文"化了的語言。能正確地運用這種語言的人，也就說明他是個熟悉經典文獻、有着很高禮文教養的人。因此，一個有德的君子，必然會非常重視自己的這種言說能力。晉國的賢者介子推說："言，身之文也。"（《左傳》襄公二十四年）孔子自己也這樣說："言之無文，行而不遠。"（《左傳》襄公二十五年）這種能顯示君子德能修養的有文之言也被叫做雅言，也就是雅正之言的意思。《論語》上說："子所雅言，《詩》、《書》、執禮，皆雅言也。"（《述而》）就是說孔子在教學古代文獻和進行禮儀活動時，使用的語言都是雅言。從這個角度來說，有言是一個有德君子的必然教養。

二是所謂立言的背景。魯襄公二十四年，魯國大夫穆叔出使晉國，晉國的權臣范宣子向他請教什麼叫不朽。穆叔說：我聽說，"太上有立德，其次有立功，其次有立言。"雖久不廢，這就是所謂不朽了。（《左傳》）穆叔所說的就是周人的"三不朽"觀念。其中的立言說，與周人非常重視的記言傳統有關。周人從立國始，就有意將先聖說過的那些有關修德、立國、治天下等方面的言說，用文言記錄下來，作為指導後人行為的意識形態經典和資源。比如周人最主要的政治文獻《尚書》，就是這樣的文本。這給後人留下了這樣一個印象：有道德成就的先聖，無不留下了不朽的言論。

基於這兩個背景，我們就可理解，孔子這樣說，無論是指有教養、有水平的言論，還是指有價值的不朽的言論，本質上都是重言說的意思，因為有言者雖然不一定有道德，但有言卻是有道德的人的必備條件：沒有言的有道德者是不存在的。

⑯　子路曰：“桓公¹殺公子糾²，召忽³死之，管仲⁴不死。”曰：“未仁乎？”子曰：“桓公九合諸侯，不以兵車，管仲之力也。如⁵其仁，如其仁。”

⑰　子貢曰：“管仲非仁者與？桓公殺公子糾，不能死，又相之。”子曰：“管仲相桓公，霸諸侯，一匡天下，民到於今受其賜。微⁶管仲，吾其被髮左衽矣！豈若匹夫匹婦之為諒也，自經⁷於溝瀆而莫之知也？”

注釋

1. 桓公：齊桓公，齊國國君，姓姜，名小白，春秋五霸之首。

2. 公子糾：齊桓公的兄弟。

3. 召忽：公子糾的屬臣。

4. 管仲：原為公子糾屬臣，後任齊桓公之相。

5. 如：乃，這就是。

6. 微：非，假若沒有。

7. 自經：自縊。

串講

　　子路對孔子說：“齊桓公殺了公子糾，公子糾的屬臣召忽也跟着自殺了，而管仲也是他的屬臣，卻沒跟着自殺。這樣看來，管仲沒有做到仁吧？”孔子說：“齊桓公多次會盟諸侯，停止戰爭，這都是管仲的功勞——這也就是管仲的仁啊！”

　　子貢對孔子說：“管仲不是有仁德的人吧？齊桓公殺了公子糾，他不但不能跟着自殺，反而又來輔佐齊桓公。”孔子說：“管仲輔佐齊桓公，稱霸諸侯，匡正天下，民眾一直到今天還在享受着他帶來的好處。要是沒有管仲，我們大概都已經披着頭髮，衣襟向左邊開了。哪能像那種市井之輩，為了一點個人氣節，自殺於山溝之中而沒有人知道呢？”

評析

　　這兩段對話是子路和子貢向孔子提出了一個同樣的問題，即管仲的行為是否不仁。這涉及到如何評價管仲，同時也涉及到如何看待仁德的問題。

　　管仲和召忽一樣，本是齊國公子糾的近臣。公子糾與公子小白（即後來的齊桓公）爭國，被殺。召忽自殺以死節，而管仲請囚，後來經鮑叔牙的推薦，反做了齊桓公的宰相。這大概成了當時的一段道德公案，而為人們所論難。子路、子貢先後以同一問題問孔子，可以想見這個問題困惑當時人們道德理念的一般情況。

　　根據《論語》中的其他章節可知，孔子對管仲個人德行的評價並不高。他曾經說管仲器量狹小，指責他奢侈貪財，而且僭用國君的建築設置，不知禮。（《八佾》）在本篇另一章中，

論語碑苑

當有人問到管仲時，孔子說他是個人才，舉的例子是管仲剝奪了別人三百戶采邑的家產，別人卻到死也沒有怨言，讚揚中也聽得出有譏諷之意。但在這兩段對話裏，孔子卻以仁許之，不僅與他平時對管仲的評價形成反差，而且我們知道，孔子輕易不肯以仁德許人（參閱《公冶長》篇中有關章節），因此他說管仲"仁"，是有其深意的。

首先，春秋時期王權被架空，天下失控，各國之間戰亂頻仍。而管仲輔佐齊桓公稱霸之後，十年之間九合諸侯，兵車不用，大戰不興，有效地控制了戰亂局面。而孔子是個推崇王道與文德的文治理想主義者，對戰爭和武力基本持否定態度。在衛國時，衛靈公問他"兵陣之事"，他斷然回答說："俎豆（指禮儀）之事，則嘗聞之矣；軍旅之事，未之學也。"第二天便離開衛國而去。（《衛靈公》）可見孔子以管仲為仁，就在於他有制止戰爭之功。

其次，孔子以禮制文明社會為其理想。而他的禮制文明，也就是以周文化為代表的中華文明。這一文明當時確實也是亞洲大陸上最為先進的文明，因此他向來重視"華夷之辨"。但這一文明在當時不僅為制度崩解所破壞，而且四方非中原地區的民族與文明也正乘勢而起，頻頻入侵中原，所謂"南夷與北狄交，中國不絕若線"，為孔子所崇尚的文明因而有旦夕存亡之危。而管仲輔佐齊桓公，"救中國而攘夷狄"（《公羊傳》僖公四年），保衛乃至復興了中華文明，因此深為孔子所感佩。

最後，管仲之仁，也在其明大義。他不死難，似乎未盡人臣之義，但他轉而輔佐齊桓公，卻能以天下為重，成就王霸大業，並非只是貪一己之富貴。這可以說是赴大仁而棄小義，是符合孔子一貫的道德原則的，故而為孔子所推重。

34 或曰："以德報怨，何如？"子曰："何以報德？以直[1]報怨，以德報德。"

注釋

1. 直：正直。

串講

有人對孔子說："用恩惠來回報怨恨，怎麼樣？"孔子說："那拿什麼來報答恩惠呢？應該用公正、正直來回報怨恨，而用恩惠來報答恩惠。"

評析

《老子》中說："報怨以德。"可知以德報怨大概是當時一部分人所信奉的一條道德原則。這是一種寬容精神，但是這樣一種寬容精神要為一般人所接納，必須具有超現實的精神依托和精神昇華才能做到。而我們知道，孔子的思想具有強烈的此岸意識，他的信仰也是一種關於現實社會的文明信念，因此，他不大可能接受站在超越現實價值的立場上提供道德理念的做法。在儒家學說裏，人際關係都有明確的親疏之別，不可一概而論，平等博愛；在價值領域裏，是非之心、仁義之德，更是都必須具有現實文明信念的規範性和限定性。沒有這樣的前提，在孔子看來，道德的理念內涵就會被抽空了，道德的價值選擇也就會被否定。因此，孔子骨子裏是不寬容的。他有鮮明的原則性，對待不道德的或違反他所崇信的文明理念的思想和行為，他是決不會妥協或輕易放過的。有一次，子貢問他：君子也有憎惡嗎？孔子說：當然有憎惡：憎惡只說別人壞話的人，憎惡居下位而譭謗上司的人，憎惡大膽而沒有教養的人，憎惡果敢而死鑽牛角尖的人。（《陽貨》）這也可以看作是他對以直報怨觀念的一種說明。

㉟　子曰：“莫我知也夫！”子貢曰：“何為其莫知子也？”子曰：“不怨天，不尤[1]人；下學[2]而上達[3]。知我者，其天乎！”

注釋

1. 尤：埋怨、責備。

2. 下學：居下位而學；也可理解為從最基礎的知識學起。

3. 上達：通達最高的道理。

串講

孔子感歎說："沒有人理解我啊。"子貢問道："您沒有被人理解的是什麼呢？"孔子說："我不怨恨上天的不公，不責怪人世的磨難；居於社會下層，卻通過努力的學習而通達了最高的道理。能夠理解我的大概只有上天吧。"

評析

孔子一直教導他的弟子們"不患人之不己知"，即不要在意、不要着急別人不知道自己，可是在這一章裏，他卻情不自禁地感歎起沒人知道自己、瞭解自己了。可見作為一個具有強烈的入世意識和濟世精神的此岸關懷者，就是聖明如孔子，要做到完全的自足自守，也是非常困難的。而對於孔子來說更感孤獨的是，他並不是個一般的懷才不遇者：他是個天命所歸、應運而生，並具備了前無古人的救世之心與救世之道的聖人。上天並沒給他提供與生俱來的優越條件，讓他生於一個世襲王侯之家；後天的人世也沒有任何人給予了他彌補這一缺失的幫助；可是他不怨不尤，雖然不是個生而知之的聖人，卻以身居社會下層的一個小人物的身份，通過後天努力不懈的學習與求索，而達於明德濟世的大道。在他的自我期許裏，是將普世的文明興亡繫於一身的，可是天下滔滔，卻沒有一個能知道他和任用他的國家和君主。因此，他才有這樣的"天知"之歎。

孔子的孤獨，是一個創教佈道者的孤獨。基督還能依托於上帝，孔子能依托於誰呢？

㊴　子擊磬[1]於衛。有荷蕢[2]而過孔氏之門者，曰："有心哉，擊磬乎！"既而曰："鄙哉，硜硜[3]乎！莫己知也，斯已而已矣。深則厲[4]，淺則揭[5]。"子曰："果哉！末之難矣。"

注釋

1. 磬：一種石製的樂器。
2. 蕢：草筐。
3. 硜硜：擊磬的聲音。
4. 厲：穿着衣裳涉水。
5. 揭：撩起衣裳涉水。"深厲淺揭"兩句見於《詩經·邶風·匏有苦葉》。

串講

　　孔子在衛國的時候，有一天正擊着磬，一個挑着草筐子的漢子恰巧從門前走過，說道："這敲磬是有深意的啊。"過了一會兒，又說："可笑啊，磬聲硜硜的，似乎在傾訴沒有人瞭解自己。沒有人瞭解自己就算了唄。《詩經》上說得好，河水深就穿着衣裳走過去，河水淺就撩起衣裳淌過去。」孔子聽了後說：「好堅決呀，沒有辦法來說服他了。」

評析

我們已經知道，在孔子時代的社會下層，生活着一些有真才實學和道德修為的高人，這一章裏的這個挑草筐子的人，就是這樣一個人。他顯然是個自食其力的體力勞動者，可他卻精通音樂，能從孔子的敲磬聲中聽出追求用世的心思。而且，他對這個世界有自己的認識，認為根本不該寄希望於它有什麼改變。一個人惟一可做的，就是適應它，並且置身事外，順其自然。像孔子這樣既對這世界不滿，而又希望能得到這個世界的賞識，因而表現出一種焦慮的、自我張揚的心態的人，他是瞧不起的。

應該說，這人對孔子看得還是很準的。孔子一直渴望着有實現自己政治理想和社會理想的機會，因此，他常常情不自禁地流露出急於自薦的心態。比如有一次，子貢問他：這裏有一塊美玉，是弄個櫃子把它藏起來呢？還是找到一個識貨的商人把它賣掉呢？孔子說：賣掉呀！賣掉呀！我就是個等着識貨商人的人。（《子罕》）急切心情溢於言表。

有意思的是孔子的態度。他並沒有因為這個漢子的鄙視和批評而有什麼不快。恰恰相反，他似乎還挺欣賞這個能聽出他的心聲並且當面教訓他的人。事實上，孔子一直很敬重那些不同流俗、玩世不恭和我行我素的人，因為他們不僅表現出對現實的深刻的批判精神，而且往往還顯示出某種超越現實的通達境界。那些深藏不露、悄然避世的隱士不用說了——我們後面會看見孔子與他們不期而遇的一些故事，他自己的朋友中就有這樣一些人。有個叫原壤的人，和孔子做了一輩子的朋友。據說原壤母親死了，孔子去幫助他辦理喪事，他卻站在棺材上唱起歌來，孔子只好裝作沒聽見。（《禮記‧檀弓》）老了之後，孔子去看他，他還故意將兩條腿像八字一樣張開坐在地上，等着孔子。孔子罵他道：你這傢伙，從小就不尊重長者，長大了又什麼都不會，老了還不死，整個一個害人精！並且用拐杖去敲他的腿。（見本篇）我們從這裏看見的不是孔子的厭惡和鄙棄，而是一種寬容和喜愛，這與孔子對待當權者和偽君子的態度是完全不一樣的。

孔子在一定的程度上認可他們，是因為他們的生存態度也部分地符合孔子的人格精神，即寧願棄世自瀆，也決不與濁世同流合污。而孔子的寬容，則充分顯示了孔子更高的精神境界。孔子理解他們的不滿，但不能完全認可他們的棄世。因為如果所有人都放棄責任，這個世界肯定將無可救藥地走向沉淪。更何況，孔子自認有救世良方，他需要的只是機會。因此，世界可以不接受他，他自己卻決不放棄。

一個不再有孔子這樣的存有救世之心的人的社會，才是一個真正沒有希望了的、徹底沒有希望了的社會。

衛靈公第十五

⑨ 子曰：“志士仁人，無求生以害仁，有殺身以成仁。”

串講

孔子說：“有志向之士和有仁德之人，沒有因為貪生怕死而損害仁德的，只有為了成全仁德而獻出生命的。”

評析

這大概是孔子說過的最為慷慨激昂的一句話了吧？鏗鏘中節，儼然有赴死之決心。想來這句話一定是有感而言的，但具體情境已不可知了。不過，這句話卻成為了中華民族堅守信仰和理想的崇高信念。千百年來，鼓舞着無數以志士仁人自許的中華優秀兒女，在事涉國家民族大義大節的緊要關頭，毅然決然奉獻出自己的生命。

但是這樣的信念需要真正的信仰以為支撐。孟子這樣解釋捨生取義：誰都想活着，但還有比活着更想得到的東西，所以不願意苟活於世；誰都不想死，但還有比死更讓人難以接受的東西，所以有時寧願選擇死。（《孟子·告子章句上》）他說得很好，以至於使魚和熊掌不可兼得的比喻流傳千古。但這只是拿生與義進行輕重相較，正像拿愛情、尊嚴乃至利弊與生命相較一樣，雖然給人以選擇的理由，卻還不是孔子所說的生命與信仰的問題。生命與信仰不是誰輕誰重的問題，不是權衡選擇的問題，而是人為信仰而生、為信仰而活，從而也理所當然地為信仰而死的問題——是以生命成就信仰的問題。理解了這一點，才能理解孔子"殺身成仁"的真正含義。

季氏第十六

① 季氏將伐顓臾[1]。冉有、季路見於孔子曰："季氏將有事[2]於顓臾。"

孔子曰："求，無乃[3]爾是過[4]與？夫顓臾，昔者先王以為東蒙[5]主，且在邦域之中矣，是社稷之臣也。何以伐為？"

冉有曰："夫子欲之；吾二臣者皆不欲也。"

孔子曰："求！周任[6]有言曰：'陳力就列，不能者止。'危而不持，顛而不扶，則將焉用彼相[7]矣？且爾言過矣！虎兕[8]出於柙[9]，龜玉毀於櫝[10]中，是誰之過與？"

冉有曰："今夫顓臾，固而近於費[11]。今不取，後世必為子孫憂。"

孔子曰："求！君子疾夫舍曰欲之而必為之辭。丘也聞有國有家者，不患寡而患不均，不患貧而患不安。蓋均無貧，和無寡，安無傾。夫如是，故遠人不服，則修文德以來之。既來之，則安之。今由與求也，相夫子，遠人不服而不能來也；邦分崩離析而不能守也；而謀動干戈於邦內。吾恐季孫之憂，不在顓臾，而在蕭牆¹²之內也。"

注釋

1. 顓臾：魯國的一個附庸國家。
2. 事：這裏指戰事。
3. 無乃：難道不是。
4. 爾是過：歸罪於你。
5. 東蒙：蒙山，在今山東蒙陰縣南。
6. 周任：古代的一位史官。
7. 相：輔佐。
8. 兕（sì）：犀牛。
9. 柙（xiá）：關野獸的籠子。
10. 櫝：盒子。
11. 費（bì）：魯國季氏采邑。
12. 蕭牆：王公貴族所用的屏風。

串講

　　季氏準備攻打顓臾，冉有和子路來見孔子，把這件事告訴了他。

孔子說："冉求，這難道不是應該責備你嗎？顓臾，先代的君王曾經讓它做東蒙山的主祭者，並且已經在魯國的疆域之內，正是共同擔負着魯國安危的藩屬，為什麼要去攻打它呢？"

冉有申辯說，是季氏要這麼幹，他們兩人本來都是不同意的。孔子說："冉求，良史周任曾經說過一句話：盡自己的能力任官就職，沒有能力就不要上任。就像一個盲人，遇到危險卻不保護，要跌倒了也不攙扶，那要那些專門的助手幹什麼用？並且你的話也是錯誤的，老虎犀牛從籠子裏跑出來，龜甲美玉在匣子裏毀壞了，這是誰的責任呢？（難道不是看守者的責任嗎？）"

冉有說："現在的顓臾，國勢強固並且離費地很近，現在如果不奪取它，以後一定會成為子孫的憂患。"

孔子說："冉求！君子最嫉恨那種不直接說想要什麼卻一定要編一些托詞的做法。我只聽說，不論是諸侯還是大夫，不擔心國家貧窮，只擔心財富不均衡；不擔心人口稀少，只擔心動亂不安。因為財富均衡就無所謂貧窮，境內和平就無所謂人少，社會安定就不會傾覆。做到這樣以後，如果遠方的人還不歸服，便修仁義禮樂感召吸引他們。他們來了之後，就要使他們安心。現在你們倆輔佐季氏，遠方之人不歸服，卻不能招致他們；國家分崩離析，卻不能守護它；反而策劃在國內大動干戈。我恐怕季氏的憂患不在顓臾，而在自己內部呢。"

評析

在這一章裏我們看到了一個相對嚴厲的孔子。孔子的嚴厲是有原因的。當時，魯國的控制權實際上已經被孟、叔、季三位權臣瓜分，而其中的一半已經掌握在季氏手裏。但他並不滿足，還想佔取顓臾之地以增強自己的勢力。其司馬昭之心，孔子自然十分明瞭。而令孔子尤為氣憤的是，在季氏手下任管家的弟子冉有實際上也是支持季氏的計劃的。他和子路來找孔子，是因為明知此事違禮無道，擔心事後被孔子責備，因此先來為自己開脫，希望得到老師的諒解。孔子洞若觀火，自然嚴辭斥責。

冉有

孔子在這裏再次表述了他的為政原則：以天下為念，堅守正義。對於君主錯誤的決定，即使不能制止，也決不苟且附和。這一點，有一次子路問他如何事奉君主時，他就說得很明白：不要欺騙他，但可以當面觸犯他。（《憲問》）他的意思是，對君主要忠，但也要堅持正確的政治理念。事實上他自己就是這樣做的。當聽說齊國的權臣陳恒殺了齊簡公後，孔子便立即去找魯哀公，要求出兵討伐。魯哀公不管，讓他去找孟、叔、季三位權臣。他雖然很生氣，但還是立即又去找三位權臣，提出同樣要求。三位權臣拒絕了他的請求。而其實，孔子是明知達不到目的而去的。他認為，是否出兵雖然只能由他們決定，但說不說卻是他義不容辭的責任。（《憲問》）

不過，他在這裏針對季氏的貪婪而提出的不患寡（貧）而患不均的思想，很容易被人誤解或利用為一種極端平均主義的觀念。實際上，孔子是個在任何方面都強調差異和等級的人。他的貴賤有等、親疏有別、上下有分的禮制理念，使他無論是在社會關係上，還是在社會財富的分配上，都明確反對任何不加限定的平等觀念。因此，他根本不可能具有這種原始共產主義式的平均主義思想。尤其在當時那種社會條件和現實狀況下，說孔子會要求季氏之流接受一種平均主義原則，實在是於情於理都過於荒唐。因此，孔子在這裏所說的均，並不是均分之均，而是均衡之均。他是強調應在社會的貧富多寡之間取得一種合理的平衡。而這是符合孔子一貫的社會合理性思想的。

如果社會分配、社會治理均衡合理，人民生活安定，卻還不足以擴充自己的統治範圍，就要修文德以來遠人——這才是孔子一再推崇的王道理想。他認定，聖王之德是足以臣服天下的。

有意思的是，孔子在這番少有的長談之後對"季孫之憂"作了個暗示。孔子是想說什麼呢？有人認為"蕭牆之內"是指魯君，則孔子的意思是說季氏用兵並不是打顓臾的主意，而是衝着魯君來的。但既然提到"憂"，則孔子所謂"蕭牆之內"也可能是指季氏自己，意思是要警告季氏：要擔憂的恐怕不是顓臾，而是他自己的內部吧。這樣說也是有道理的，因為，後來季氏的家臣陽虎造反，將季氏給殺了。（參閱《左傳》定公五年、八年。）

不知是不是孔子這番話起了作用，或者是孔子最後的暗示使他不敢輕舉妄動，總之季氏後來大概沒有對顓臾動武，因為史書上沒有對這樣一個事件的記載。

❷ 孔子曰：“天下有道，則禮樂征伐
自天子出；天下無道，則禮樂征伐自諸
侯出。自諸侯出，蓋十世希不失矣；自
大夫出，五世希不失矣；陪臣[1]執國命，
三世希不失矣。天下有道，則政不在大
夫；天下有道，則庶人不議。”

注釋

1. 陪臣：大夫的家臣。

串講

孔子說：“天下清明太平，制禮作樂和發令征伐的權力就
都掌握在天子手中；天下黑暗混亂，則制禮作樂和發令征伐的
權力就會由諸侯所掌握。權力掌握在諸侯之手，大約傳至十代
就鮮有不失去的了；權力掌握在大夫之手，傳至五代就鮮有不
失去的了；如果是大夫的家臣控制了國家政權，三代就鮮有不
失去的了。天下清明太平，政權就不會掌握在大夫之手。天下
清明太平，老百姓就不會議論紛紛。”

評析

這是孔子對當時天下政治形勢的一段著名描述，這些描述
是春秋這個歷史突變時期的真實寫照。孔子所說的天下有道的

情況，是周朝禮制正常運作時的情況。制禮作樂的權力不要說在王室了，各級貴族對禮樂活動的享用，也必須經過王室的頒發和禮樂制度的授權。戰爭更不是諸侯可以擅自發動的──除非是造反。但歷史進入東周之後，王室的權力在很大程度上已經下落了。前面說到的齊桓公稱霸，所謂九合諸侯，一匡天下，所謂弭兵，這種權力過去都是只能由王室運用的。現在名義上雖然有王室授權，但實際上是被迫交權了。至於政自大夫出，則魯國的現實更是眼前的例子。孔子說：國家政權離開國君已經五代了，政權掌握在大夫手中已經四代了，所以桓公的三房子孫現在也衰微了。（見本篇）更極端的例子則有前面提到的陳恒殺齊簡公。而大夫的權力又進一步被自己的家臣所削弱，這就是陪臣執國命。現成的例子當然就是陽虎殺季氏──所以孔子要感歎說，桓公的三房子孫（即孟氏、叔氏、季氏）現在也衰微了。

今天來看，這當然是舊制度崩潰，新興社會勢力興起的必然結果。但它與禮制這種政治制度的僵死也有着內在的關係。禮制實際上只是一種自上而下的管制制度。它由這種純粹的管制構成等級和秩序。它的政治本質就是剝奪所有人的所有權利，然後由最高統治者通過嚴格的制度和主觀恩惠來重新分配與賜予。因此無論上下層社會，雖有制度性的授權，卻沒有任何真正的權利因素──更不用說平等權利的因素了。在這種政治體制中──不論這一體制事實上總存在着一些相對開放的自主空間──所有人的生存實際上都是完全被動的，而最底層的庶人也許必須放棄所有的個人意志與主體性。這其實正是這一體制最大的政治隱患，社會的任何進步與發展首先就是要衝破它。

8 　子曰：“君子有三畏：畏天命，畏大人[1]，畏聖人之言。小人不知天命而不畏也，狎[2]大人，侮聖人之言。”

注釋

1. 大人：身居高位的王公權貴。
2. 狎：態度不莊重的親昵。

串講

　　孔子說：“君子有三個敬畏的對象：敬畏天命、敬畏王公大人、敬畏聖人的言語。小人則不懂天命而不知敬畏，取笑王公大人，輕侮聖人的言語。”

評析

　　孔子在這裏又一次通過將君子與小人對比而論，闡述了他對崇信與敬畏問題的理解。孔子主張有教養的人應有敬畏之心，知道人生在世，有些東西是必須尊崇和敬仰的。只有那些無知無識、毫無教養的小人——他們在孔子的描述下純粹是一副無賴嘴臉——才會無皮無血、無法無天、肆無忌憚、為所欲為。

　　但既然只有君子才能做得到，孔子也就觸到了問題的關鍵：一個人只有活得有信念有信仰，他才會有敬畏之心。如果連認可之信都沒有，敬畏自然無從談起。因此在孔子看來，每一個明智的人都至少應該認可三種威權。

一是天定之命。這是一種超現實的信仰。我們知道，中華文明在當時並沒有形成純粹超自然、超現世的神道宗教信仰，但是人們卻能時時意識到，人的主觀力量並不足以完全控制他們所生存的這個世界，小到個人的命運，大到王朝的更迭、歷史的運化，似乎總有某種人所不能知曉，而且也無法控制的力量在支配着它們的生息，在左右着它們的走向。人們將這種不可知的決定性力量叫做天命。在某種意義上，它有點類似於神的意志，但是它更具有非意志性的天道自為的客觀性含義，因此不足以完全宗教化。雖然如此，我們大致上還是可以將它看作是孔子心目中的一種神權，一個有必要信仰的準宗教對象。孔子說：“不知命，無以為君子也。”（《堯曰》）這是儒家求道意識中所能達到的最高精神層面。

二是大人之威。居高位者為大人。最高的統治階層為大人，因此孔子所謂大人，實際上也就是指現實統治權力而言。承認等級制的合理性，承認尊卑貴賤的合理性，對最高統治階層，對現實政治權力，保持應有的敬畏心理，這是任何等級制度得以建立和維持的政治基礎，而尤其是禮制的核心理念之一。廣義而言，則任何現實政治權力，都需要普遍認可，尤其是社會精英階層普遍認可的社會心理的支撐，才能維持和運行下去。

三是聖人之言。什麼是聖人之言？孔子所謂的聖人之言也就是文明的信條，人文的經典，文化的道統，用今天的話來說，也就是意識形態威權。一個國家，一個文明，一個民族，沒有一個共同崇信的意識形態信仰以為主導，這個國家，這個文明，這個民族，自然也就會失去方向，失去凝聚力，失去共同意志。整個社會將不會有任何可予崇信、可予遵從的道德規範和價值信念，墮落和沉淪將成為最為普遍的社會現象。而現實權力則會失去任何人文理念和人文信念的制約與監控，而成為純粹的權力利益的聚斂與掠奪機制。孔子將聖人之言的崇高地位，即意識形態威權的神聖性，與超現實信仰和現實權力的重要性相提並論，是大有深意的。

因此，孔子此言雖然簡單，但卻是中國式的三權理念。三權並立分治，無高下之分，理應為全社會所共同崇信。在古代社會的歷史實踐中，起到了抵消專制、共同治理、互相監督的作用和功效。

⓭　陳亢[1]問於伯魚[2]曰：“子亦有異聞[3]乎？”對曰：“未也。嘗獨立，鯉趨[4]而過庭。曰：‘學《詩》乎？’對曰：‘未也。’‘不學《詩》，無以言。’鯉退而學《詩》。他日，又獨立，鯉趨而過庭。曰：‘學禮乎？’對曰：‘未也。’‘不學禮，無以立。’鯉退而學禮。聞斯二者。”

陳亢退而喜曰：“問一得三：聞《詩》，聞禮，又聞君子之遠其子也。”

注釋

1. 陳亢（gāng）：陳子禽，魯國人。
2. 伯魚：孔子的兒子。
3. 異聞：指聽到特別的說教。
4. 趨：快走，表示尊敬。

串講

陳亢問孔子的兒子伯魚，是否從先生那裏聽到了什麼與眾不同的傳授。伯魚回答說："沒有。有一次他一個人站在那兒，我恭恭敬敬地從庭中快步走過。他忽然問我，學《詩》了沒有？我回答說沒有。他便說：不學《詩》，就無法正確言說。我趕緊回去學《詩》。又有一次他一個人站在那兒，我恭恭敬敬地從庭中快步走過。他問我：學禮了沒有？我說沒有，他便說，不學禮，就無法立足社會。我又趕緊回去學禮。我就聽到了這兩點。"

陳亢回去以後高興地說："我問一件事，瞭解到了三件事：聽到了學《詩》的道理，聽到了學禮的道理，還聽到了君子不偏私自己兒子的做法。"

評析

這是有關孔子教子的很生動的一章。按照陳亢的說法，從中可以學到三件事。一是關於學《詩》以言的道理。孔子曾經更具體地對伯魚談過這一觀念。他對伯魚說：你掌握《周南》、《召南》了嗎？一個人要是不掌握《周南》、《召南》，那就像面對着牆壁而站着吧？（《陽貨》）這就是說，如果不學

《詩》，那在上流社會將會因為不知如何說話而寸步難行。《論語》一書中，關於經書的學習，孔子談得最多的就是《詩經》了。可見他對詩歌學習的重視。我們前面已經談到過，春秋時期，通過演唱、賦誦《詩經》中的詩歌或詩句來委曲地表達自己的想法與意志，是上流社會人士在政治外交場合的社交慣例。不能熟練地掌握《詩經》的人，自然根本就不可能在這樣的場合進行有效的言說。

二是學禮以立的道理。掌握禮文、禮儀知識，以便在上流社會的各種場合和各種社交活動中，使自己的言行舉止完全符合禮節、禮制規範，從而贏得上流社會的認可、接納與尊重，是之為立。

三是所謂君子對待自己孩子的態度。孔子顯然是按照上流社會人士的理想模式來教養和塑造自己的兒子，而且躬行君父之道，因而不大可能溺愛孩子。從這一章中對待伯魚的態度也可看出，他對待孩子說得上是嚴慈合度，相比較於對弟子們的教育來說甚至還要更為威嚴一些。這樣的父親，現在應該是不大能看得見了。

陽貨第十七

1 　陽貨¹欲見孔子，孔子不見，歸²孔子豚。

　　孔子時³其亡⁴也，而往拜之。遇諸涂。

　　謂孔子曰："來！予與爾言。"曰："懷其寶而迷其邦，可謂仁乎？"曰："不可。——好從事而亟⁵失時，可謂知乎？"曰："不可。——日月逝矣！歲不我與。"

　　孔子曰："諾，吾將仕矣。"

注釋

1. 陽貨：即陽虎，季氏的家臣。
2. 歸：同饋，贈送。
3. 時：伺機，等待……的時候。
4. 亡：不在家，外出。
5. 亟：屢次。

串講

　　陽貨想要孔子來拜會他，孔子不去，他便送了孔子一頭蒸熟了的小豬。這樣，依禮節，孔子就不得不來他家致謝。

孔子打聽到陽貨不在家的時候，前去拜謝，不想兩人在路上相遇了。

陽貨叫孔子說："你過來，我和你說話。"孔子走了過去。陽貨說："自己有一身的本領卻深藏不露，聽任國家的事情稀里糊塗，這能說是有仁德嗎？"他自己接口道："不能。——一個人喜歡從政卻屢次錯過機會，這能說是明智嗎？"他又自己接口道："不能。——日月流逝了，時光不等人呀。"

孔子說："好吧，我打算出任官職了。"

評析

這一章記錄了一個完整的小故事，是《論語》一書中難得的頗具戲劇性的一章。陽貨為了讓孔子去見他而耍了個小花招，這使人想起孔子曾經對宰我說過的話。有一次宰我問孔子：一個仁人，即使告訴他"井裏有仁"，他也會跟着下去嗎？孔子說：為什麼要這樣做呢？一個君子，你可以讓他逝去，卻不能使他沉溺；可以讓他上當，卻不能使他愚蠢糊塗。（《雍也》）這大概也就是孟子所說的"君子可欺以其方"。（《孟子·萬章章句上》）陽貨送禮，就是欺以其方。而孔子是心知肚明的，因此也特地等到一個陽貨不在家的機會才去拜謝。

陽貨說得對，孔子確實是個"好從事"的人，他是一直在等待甚至尋覓使他可以實現他的理想的機會。那孔子為什麼要拒絕陽貨呢？因為陽貨不是個可以期許的人。陽貨是個野心家，雖只是季氏家的管家，卻試圖削平三桓（即魯國的孟、叔、季三位權臣），是個"陪臣執國命"的危險人物，同時還是個殘暴的人。孔子路過匡地時為匡人所圍困，就是因為陽貨曾經欺凌過他們，而他們以為孔子就是陽貨，所以要報復他。這樣一個傢伙，孔子怎麼能寄希望於他呢？

陽貨後來造反未遂，逃往了晉國。而孔子在這個小故事裏雖然勉強應承了陽貨的勸說，但在陽貨當權之時，他並未出仕。這也就是孔子說的：一個君子，你可以讓他上當，卻不能使他愚蠢糊塗。

❹ 子之[1]武城，聞弦歌之聲。夫子莞爾[2]而笑，曰：“割雞焉用牛刀？”子游[3]對曰：“昔者，偃也聞諸夫子曰：‘君子學道則愛人，小人學道則易使也。’”子曰：“二三子！偃之言是也；前言戲之耳。”

注釋

1. 之：去到。
2. 莞爾：微笑的樣子。
3. 子游：言偃，字子游，孔子學生。

串講

孔子到了子游做長官的武城，遠遠聽到彈琴唱歌的聲音。

孔子微微一笑，說：“殺雞哪裏用得着牛刀？”子游回答說：“從前我聽老師說過，做官的學習禮樂之道就會有仁愛之心，下民學習禮樂之道就容易役使。”孔子聽了後說：“弟子們！言偃的話是對的。我剛才是在開玩笑呢。”

評析

　　子游是武城的長官，將武城治理得很好，甚至還推薦了一個非常優秀的人——澹台滅明——給孔子做弟子，（參閱《雍也》篇及《史記·仲尼弟子列傳》）所以孔子上那兒去看他。遠遠聽見彈琴唱歌的聲音，孔子的欣喜其實是可以想見的。但他卻沒有讚揚子游，而是半開玩笑地說了一句話。說他半開玩笑，是因為以禮樂治民，本是孔子理想中的平治天下的王化之道。可是王侯都不能用，子游卻用在了這樣一個小城的治理上，所以孔子難免有點大道淪為小技之感。但也正因為普世置之不顧，而子游卻能一絲不苟，身體力行，堪稱難能可貴，所以孔子正言反說，心下感到欣慰倒是真的。而子游的回答更是使他滿意，因為子游的話說明他並不是在這兒裝模作樣，而是真正地懂得並且實行了孔子建立文明社會的教化理念。因此孔子唯恐其他的弟子誤解，趕緊聲明自己剛才的話是開玩笑，子游說的話才是應該人人記取的。反言歸正，抑而後揚，道之所在才是師之所在，孔子的長者之風真是自兩千多年前拂面而來，使後學者也不由得會心而莞爾。

　　這裏值得一提的是周朝的樂教制度。周朝人相信音樂能夠感化人心。雅正的音樂和詩歌可以使人心理得到調適，精神得到疏通淨化，情感合乎社會理性，人心歸於平和中正。在這樣的基礎上，人們也就更樂意接受正確的道德理念和人文理念，也就更易於培養出中庸禮讓、虔敬仁愛的君子人格。因此，貴族子弟從小到大要一直接受嚴格的正統音樂與詩歌的教育，這樣既有利於貴族社會的情感交流、心理溝通和志意共享，使整個貴族階層團結一致、和諧共處，也有助於養成貴族統治者以文德而不是以暴力來治理自己屬民的政治品格。

不過這還只是樂教制度中"教"的一面，它是上層社會特權文化的一個組成部分。周朝的樂教體制中還有"化"的一面。這是對下層社會民眾進行精神治理和意識形態教育的一種方式。在周文化的統治區域內，定期的樂教活動是民眾社會活動的一個重要內容。周人認為，下層民眾無知無識，直接灌輸抽象的道德理念，他們會既弄不懂也接受不了，而純正的音樂卻可以使他們在精神上得到撫慰，做到心氣平和、循規蹈矩，從而養成本分適禮的習慣，所謂"樂禮教和，則民不乖"，（《周禮·地官司徒·大司徒》）就是這種理念的表達。另外，音樂之美也可使他們樂而好之，從而潛移默化地接受詩教樂禮中提供的種種道德規範和行為規則，而成為有教養的文明子民。

子游所施行的，正是這樣的教化機制。他所說的那兩句話，也正是對這一教化機制的雙重功能的高度概括。

子游是對的，周人是對的，下層民眾的精神狀態和精神生活確實有必要得到普遍的、有效的關照。不懂得這個道理，社會是不可能做到長治久安的。

⑤　公山弗擾[1]以費畔，召，子欲往。子路不說，曰：“末之也，已，何必公山氏之之也？”子曰：“夫召我者，而豈徒哉？如有用我者，吾其為東周乎？”

注釋

1. 公山弗擾：可能是《左傳》定公五年、八年、十二年所載之公山不狃。

串講

　　有個叫公山弗擾（一說即魯定公、魯哀公時的公山不狃）的人佔據了費邑，反叛季氏，並且想叫孔子去輔佐他。孔子打算去。子路很不高興，說：沒有地方去倒也罷了，為什麼一定要去公山氏那兒呢？孔子說：那個叫我去的人，難道是白白叫我去嗎？假如有人用我，我將會使文武周公之道在東方復興的吧？

評析

　　這一章記載的故事似乎有點不合孔子的形象，因為陽貨他都不見，怎麼會願意去輔佐一個反叛的家臣呢？但是這似乎是件實事，因為本篇還記載了另一件類似的故事：有一次，據說是晉國的佛肸依中牟邑而叛，也叫孔子去，孔子也打算去。也是子路反對道：以前我聽先生說過，親自做壞事的人那裏，君子是不去的。佛肸依據中牟反叛，您卻要去，這怎麼說？孔子說：對，我是說過這話。不過，真正堅硬的東西，磨也磨不薄；真正潔白的東西，染也染不黑。我難道是個匏瓜嗎？怎麼能吊着不給人吃呢？（參閱《史記·孔子世家》）

　　據《史記》上說，這兩次都因為子路的反對，孔子最終並沒有去成。而《論語》之所以記錄下這些事，是因為它們確實反映了孔子參與現實政治的矛盾心理。一方面，天下無道，邦國無道，他知道自己推行的治世主張不會為當權者所接受，因此寧願"大德不官"，做一個置身黑暗政治和現實權力體制之外，以傳播王道文化為己任的人。這也就是他所說的"求仁得仁"的意思。另一方面，他又很希望在他生前能實踐他所推行的王道政治，看到他所崇尚的理想社會。他自己就說過：只要有讓我主政的機會，一年便能有個樣子，三年便會治理成功。（《子路》）這就是為什麼當有一個主政機會到來時，即使是一個很不成熟的機會，他都不免激動和按捺不住的原因。

6 子張問仁於孔子。孔子曰：“能行五者於天下為仁矣。”“請問之？”曰：“恭¹、寬²、信³、敏⁴、惠⁵。恭則不侮，寬則得眾，信則人任焉，敏則有功，惠則足以使人。”

注釋

1. 恭：莊重恭敬。
2. 寬：寬厚。
3. 信：誠信。
4. 敏：勤奮聰敏。
5. 惠：慈惠。

串講

　　子張問孔子什麼是仁，孔子說能夠處處實行五種品德便是仁了。子張問是哪五種品德，孔子說是莊重恭敬、寬厚、誠信、勤敏、慈惠這五種品質。莊重恭敬就不致於遭受侮辱，寬厚就會得到眾人的擁護，誠信就會得到別人的任用，勤敏就能成就功勞，慈惠就足以役使別人。

評析

　　這是孔子談仁的一章。子張是有仕途進取心的一個人，自視也很高，但真要從政，德行修為似有所不足。因此孔子以一個能以仁德從政、主政，並且行仁政於天下的大仁大德者的標準來教導他，而不是僅僅關乎個人修為的一種仁德。這些仁德標準涉及到五個方面的內容，都是關於如何在上層社會立足、交際、工作和成就功業的人格修養。當然，這五個字也可看作是為官所應具備的一般道德原則，因此它一直是中國古代社會文官們的座右銘。

　　說到底，仁德畢竟是君子之德，是孔子所謂理想的統治者所應具有的品德。

> ⑨　子曰：“小子何莫學夫詩？詩，可以興¹，可以觀²，可以群³，可以怨⁴。邇之事父，遠之事君；多識於鳥、獸、草、木之名。”

注釋

1. 興：感發、興起。
2. 觀：觀知、瞭解。
3. 群：合群、交流。
4. 怨：怨刺、抒憤。

串講

　　孔子說：“弟子們為什麼不學詩呢？詩可以激發一個人的

思想感情，可以用來觀察瞭解社會的政治得失，可以用來與人交流、融合群體情感，還可以用來表達怨憤和譏刺。近可以用來事奉父母，遠可以用來事奉君王，並且可以從中知道一些鳥獸草木的名稱。"

評析

　　孔子的這段論詩的話，在中國古代幾乎被看作了詩學的綱領。用朱熹的話來說就是："學詩之法，此章盡之。"(《集注》)但是越兩千餘年，對這一段話的理解，卻始終未能完全統一。有人認為這裏談到的是詩歌的人文功能，包括它的美學功能、倫理功能、政治功能、心理功能、社會學功能，乃至知識學功能，等等。也有人認為這裏談到的是詩歌中所包含的四種基本感情，也是人們一般所具有的四種詩情。人們既可以在不同的時候帶着這四種不同的感情進入詩歌，不同的詩歌，甚至同一首詩歌，也可以隨時調動起人的這四種感情。當然也有人將孔子的這種詩歌觀念看做是純粹的政治敘事，也就是說，詩歌可以滿足上層社會文治政治的四種需要，它起到的是一種意識形態干政的作用……諸如此類。

　　不過我們大可不必把它複雜化。就孔子這樣談論詩歌時的具體歷史語境論，他說的只是要做一個合格的上層社會的人士，為什麼需要學習詩歌的理由。而關於這一點，我們前面已經看到過，孔子說過更為簡潔的話：不學詩，無以言。就是說，貴族們要學詩是為了可以言說。更為寬泛地說，就是為了在上層社會的各種政治活動、外交活動、社交活動中用詩來表達、來交流、來應對、來共享，甚至來思考、來工作……可以用詩歌來幹什麼，這完全是由周朝貴族文化生存中的實際所需來決定的。詩歌是周朝貴族社會的第二語言，不掌握它，一個人即使出身於王侯家族，也是沒法進入上層社會，並成為其中合格的一員的。所以，孔子的意思是：弟子們為什麼不學詩呢？這是貴族社會的文化身份證呀。

而如果我們一定要把孔子的這一表述普遍化，也可以。詩歌本是人類詩情詩意言說的音樂性文本。作為審美閱讀的對象，它是可以充分能指化的。也就是說，借助於審美閱讀，每一個讀者都可以從詩歌文本中去尋求他所希望得到的任何人文功能性滿足。因此孔子的說法，也可以看做是對詩歌這一本質的一種具體描述。

微子第十八

⑤ 楚狂[1]接輿歌而過孔子曰："鳳兮鳳兮！何德之衰？往者不可諫，來者猶可追。已而，已而！今之從政者殆而！"孔子下，欲與之言。趨而辟之，不得與之言。

注釋

1. 楚狂：楚國的狂人，即孔子所謂狂狷之狂者。

串講

　　楚國的狂人接輿經過孔子車旁時唱道："鳳凰呀，鳳凰呀！為什麼你的德行如此衰敗了？過去的事情雖然不能再挽回，未來的事情卻還來得及好好謀略啊。算了吧，算了吧！當今的執政者已經危在旦夕了。"孔子聽到後趕緊下車，想和他談談，他卻快步避開了。孔子終究也沒能與他說上話。

評析

　　這一篇裏有幾章都是孔子與一些隱士相遇的故事。說他們是隱士，是因為他們對孔子、對孔子的學說、對當前的社會，都有着相當深刻而獨到的認識，因此不太可能是一般的普通勞動者。《論語》用相當大的篇幅記錄下他們的言論，也說明他們的見解給孔子和他的弟子們留下了非常深刻的印象。除了這一章中的楚狂接輿外，孔子還有兩次和隱士的遭遇簡述於下：

楚狂　　　　　　　　　子路問津

　　一次是遇上了兩個耕地的人，《論語》上說他們的名字為長沮和桀溺。孔子叫子路去向他們打聽渡口在哪兒，他們卻勸子路說：天下的黑暗與惡濁已經如洪水一樣氾濫得到處都是了，你拿什麼來改變它？而且你與其跟隨着逃避惡人的人，還不如跟隨着逃避這個濁世的人呢。子路離開他們去告訴孔子，孔子聽後悵然說道：我們又不能和鳥獸生活在一起，不和這些人群相處又和誰相處呢？天下如果太平的話，我也就不會想着要去改變它了。

　　一次是子路跟孔子跟丟了，半路上遇見了個老丈人。子路向老丈人打聽見沒見着他的老師，那老丈人沒告訴他，倒把他挖苦了兩句。子路也不惱，依然拱着手恭恭敬敬地站在旁邊。老丈人便留子路上他家裏住宿，殺雞做飯給子路吃，還叫出他的兩個兒子與子路相見。第二天，子路趕上孔子後，告訴了他這件事。孔子說：這是位隱士，叫子路再回去看看。子路到那兒後，老丈人卻已離開了。子路說道：不出來做官是不合理義的。長幼之間的倫常不能廢棄，君臣之間的道義怎麼就能廢棄呢？只想潔身自好，卻亂了君臣的倫常大義。君子出來做官，只是履行社會道義。王道理想實施不了，早就已經知道了。

　　從這些記載可以看出，儘管隱士們都不以孔子的所作所為為然，孔子還是相當敬重他們的。只要有機會，他也很願意向他們請教，或和他們討論一下有關的思想。在對於現實社會的批判和否定上，孔子和他們是一致的。對於這個現實社會的無可救藥，他們的看法也大體一致。所不同者只是，隱士們認為既然如此，就該放棄；而孔子卻是知其不可而為之，不肯放棄。用孔子自己的話來說就是，正因為如此，所以必須努力去改變它。即使只是不得以而求其次，勉強從政，如果能利用手中權力使社會公理和正義得到一些維護，也比什麼都不幹強。而究其實，他們之間更本質的區別則是，隱士們只是潔身自好，並無共同的社會理想和信念追求以為救世之為。孔子則有一套完整的社會學說和人文理念，有堅定的、自認為可以垂照千秋的意識形態信仰和文明社會理想。因此即使現實已不可改變，但他仍然可以傳佈他的學說與信仰於天下。只要天下的有為之士接受了他的學說與信仰，則事情總有可為的一天。

這是一種信念。隱士固然高潔，避世固然清靜，可促進人類社會和人類文明向前發展的，還是孔子這樣的人，和他這樣的信念。

子張第十九

㉓　叔孫武叔[1]語大夫於朝曰：“子貢賢於仲尼。”子服景伯[2]以告子貢。子貢曰：“譬之宮牆：賜之牆也及肩，窺見屋家之好。夫子之牆數仞[3]，不得其門而入，不見宗廟之美，百官[4]之富。得其門者或寡矣。夫子之云，不亦宜乎！”

注釋

1. 叔孫武叔：魯國大夫，名州仇。
2. 子服景伯：魯國大夫，名何。
3. 仞：七尺。
4. 官：指房舍。

串講

　　叔孫武叔在朝廷上對其他官員們說：“子貢比他的老師仲尼還要賢明。”子服景伯把這話告訴了子貢。子貢說：“拿房屋的圍牆作比喻吧：我家的圍牆只有肩膀那麼高，所以可以從外面看到房舍的美好。先生的圍牆卻有幾丈高，找不到門進去，就看不見裏面宗廟的壯美和無數房屋的富麗。能夠找到他的門的人太少了。就此而言，武叔老先生說這種話，不也是可以理解的嗎？”

評析

　　子貢大概要算是孔子弟子中最有實際才能的一個人了吧。所以，在孔子生前，子貢就有賢於孔子的名聲。但是子貢自己卻是非常具有自知之明的人。別說是說他賢於孔子，就是和自己的師兄弟們相比，他也認為自己遠不如顏回。（《公冶長》）在這一章裏，他用了一個非常巧妙的比喻，說明了自己為什麼能給人留下賢於孔子的印象，以及他和老師之間所存在的巨大差距。子貢雖然是個能言善辯之人，但是如果不是因為對孔子的道行和學說有真正的瞭解，他也說不出這樣發人深省的比喻來。就此而言，他也不愧為孔子最為得意的高足之一。

　　可是還是有人認為他這樣說是自謙。我們在前面提到過的那個叫陳子禽的人，就曾當面這樣對子貢說過。因此，子貢不得不對這位陳子禽詳細論說了孔子不可企及的賢聖之德究竟何在。子貢說：君子一句話就能顯示他的有知，一句話也能顯示他的無知，所以說話不可不謹慎。先生的不可企及，就像天不能由臺階爬上去一樣。先生如果得以管理一個國家或者一個采邑，那麼教養百姓，百姓便能立足於社會；引導百姓，百姓便會跟着前行；安撫百姓，百姓便會從遠方來投靠；動員百姓，百姓便會同心協力。他老人家生得榮耀，死而令天下人悲痛，怎麼可能趕得上呢？

　　而對於叔孫武叔的詆毀孔子，子貢則毫不客氣地予以批駁。他說：不要這樣做！仲尼是詆毀不了的。別的賢者不過是丘陵，還可以跨越過去；仲尼則是太陽和月亮，不可能超越他。一個人即使要自絕於太陽月亮，那對太陽月亮能有什麼傷害呢？只不過顯得他不自量罷了。（均見本篇）

我們從子貢為孔子所作的辯護中，可以看見弟子們心中的孔子有多麼神聖，同時也可間接理解孔子對於中華文明所具有的不朽意義。

堯曰第二十

❷　子張問於孔子曰：“何如斯可以從政矣？”子曰：“尊五美，屏[1]四惡，斯可以從政矣。”子張曰：“何謂五美？”子曰：“君子惠而不費，勞而不怨，欲而不貪，泰[2]而不驕，威而不猛。”子張曰：“何謂惠而不費？”子曰：“因民之所利而利之，斯不亦惠而不費乎？擇可勞而勞之，又誰怨？欲仁而得仁，又焉貪？君子無眾寡，無小大，無敢慢，斯不亦泰而不驕乎？君子正其衣冠，尊其瞻視，儼然人望而畏之，斯不亦威而不猛乎？”子張曰：“何謂四惡？”子曰：“不教而殺謂之虐；不戒視成謂之暴；慢令[3]致期謂之賊；猶之與人也，出納[4]之吝謂之有司[5]。”

注釋

1. 屏：摒除。
2. 泰：安泰，大度。

3. 慢令：命令鬆懈。

4. 出納：付出、送給。

5. 有司：職務卑微、低賤的管事者。

串講

子張問孔子道："一個人要具有什麼樣的修為才可以治理政事呢？"

孔子回答說："尊崇五種美德，摒除四種惡劣行為，就可以治理政事了。"

子張問："什麼是五種美德？"

孔子說："君子施予百姓恩惠而並不耗費；使百姓勞作而並不抱怨；追求仁義而並不貪心；從容大度而並不驕傲；莊重威嚴卻並不兇猛。"

子張又問："什麼叫做施予百姓恩惠而並不耗費呢？"

孔子回答道："讓民眾從能夠得利的事情上去獲得利益，這不也就是施予恩惠而並不耗費嗎？選擇合適的時機和事情來役使百姓，誰會抱怨呢？自己追求仁德而得到了仁德，還有什麼可貪求的？不論人多人少，人大人小，君子都一視同仁、不敢怠慢，這不也就是從容大度而並不驕傲嗎？君子衣冠整齊、儀表高貴，其莊嚴持重令人望而生畏，這不也就是威嚴而並不兇猛嗎？"

子張又問："什麼是四種惡劣行為？"

孔子說："不進行教育而只知殺戮就叫做殘虐；不予以提醒督促而只要求出成績就叫做兇暴；發佈命令時懈怠懶散而突然要求限期完工就叫做害人；給人財物而出手吝嗇就叫做守財奴。"

評析

　　孔子沒有創立宗教，因為在他之前，中國傳統文化的精粹和主幹中宗教因素太微弱、太不成型，缺乏相應的資源和建制，但是這不妨礙他是個真正的立教者——他立的教是政教。孔子是在中國傳統治平文化的基礎上建構了中國政教意識形態的信仰體系。它的基本核心就是如何在禮文制度的社會結構形式上，建設一個道德化、秩序化的理想王國。而培養適合整個社會治平需要的、信守政教價值信念的、具備政教道德性人格的人，則是核心中的核心。因此，孔子終其一生都在孜孜不倦地教育統治者和希望進入統治階層的人士如何做人，做一個什麼樣的人，怎樣才能做一個合格的，也就是合德的、合道的人。

　　而孔子對子張所說的這一番話，可以說是《論語》一書中記錄下來的，孔子教給禮制社會的從政者、為政者的政教理念中，最為完備的一套訓誡了。

　　他先談到了保障人民利益的問題。人民的利益不能靠恩賜來保障，不能靠耗費財物滿足一時之需來保障，而只能靠給人民提供獲利的機會和工作來保障。這是非常重要的一條治國原則，而且是一條首要的治國原則，可惜後世的儒學信奉者們似乎都沒有對之予以足夠的重視。據說孟子問子思治民之道，子思答道，先利之。孟子說，君子教民仁義就夠了，何必說利？子思說，所謂仁義也就是有利於人民的事。居上位者如果不仁義，社會就會失範、變壞，這就是最大的不利。（參閱《孔叢子·雜訓篇》)倒也強調了利的重要性，而且說得也很有道理，但是顯然，無論是孟子還是子思，都沒有真正理解孔子在這裏所說的利民的意思。

　　然後談到了社會勞動安排與分配的合理性問題。合理性是孔子思想中非常重要的一個概念。前面已經談到過，合理性是文治社會制度建構的基礎，在這裏，孔子提出合理性也是保證社會穩定的基礎。即使是現代社會，如何做到社會勞動力的合理安排與合理使用，也是使全民得以安居樂業的一個重要前提。

　　接下來三條是孔子政教中經常強調的上層人士理應具備的道德、教養和威儀。而尤為重要的是，孔子在這裏不僅提出了五種美德，而且對幾種惡劣的治政方式或曰政治行為方式表示了極大的憤慨，並予以了徹底的否定。貫穿於孔子批評中的基本原則就是：居上位者，也就是統治階層，在將一切正確的、道德性的政治措施做到完滿之前，對下層民眾的任何懲罰都是錯誤的，都是一種殘暴。民眾因為缺乏道德教養和禮制教育而犯罪，民眾的精神意識因為缺乏全面的關照而失控，民眾的社會勞動因為缺乏有效的管理而混亂無功，這一切的責任都不在民眾本身，而是統治者管理無道所造成的。可是最終懲罰卻要全部落在民眾身上，這樣的政治行為方式，在孔子看來，就是最不仁道的暴政。